LE VIN
DES SOUVENIRS

DU MÊME AUTEUR :

Pensées d'un dégustateur, Nuits-Saint-Georges, Confrérie des Chevaliers du Tastevin, 1957 *(épuisé).*

Vignes et jours, Carnet d'un Bourguignon, Beaune, Imprimerie Jean Dupin, 1963.

Toute la Bourgogne, portrait d'une province, Paris, Presses Universitaires de France, 1970 *(épuisé).*

Nouvelles pensées d'un dégustateur, Nuits-Saint-Georges, Confrérie des Chevaliers du Tastevin, 1974.

Chapitre « Vignes et vignerons de Bourgogne » dans *Le vin de Bourgogne,* Paris, Editions Montalba, 1976.

Mes dégustations littéraires, Nuits-Saint-Georges, Confrérie des Chevaliers du Tastevin, 1979.

La route des vins de Bourgogne, Rennes, Ouest-France, 1994, 2e édition.

Les vins de Bourgogne (en collaboration avec Pierre Forgeot), Paris, Presses Universitaires de France, 1985, 10e édition (épuisé).

L'Atlas des grands vignobles de Bourgogne (en collaboration avec Sylvain Pitiot), Paris, Jacques Legrand SA, 1985 (épuisé).

La saveur des jours, Carnet d'un Bourguignon, Dijon, Editions du Jacquemart, 1985 *(épuisé).*

Plaisirs de la dégustation, Nuits-Saint-Georges, Confrérie des Chevaliers du Tastevin, 1988, 2e édition.

Cabottes et meurgers en Bourgogne, Editions Liogier d'Ardhuy, clos des Langres, Corgoloin, 1990.

Petits poèmes en pierres sèches, Meursault, chez l'auteur, tirage limité, 1987.

La fin d'un millésime, suivi de *l'Evangile du vigneron,* Précy-sous-Thil, Editions de l'Armançon, 1992.

Les fruits de l'automne, Carnet d'un Bourguignon, Précy-sous-Thil, Editions de l'Armançon, 1994.

Pierre Poupon

LE VIN DES SOUVENIRS

Propos d'un Bourguignon

Éditions de l'Armançon

Deux chapitres de cet ouvrage ont été publiés,
sous des titres différents, dans la gazette *TASTEVIN EN MAIN*.
L'un, *Les Goûteurs de vin,* dans le numéro de mai 1980 ;
l'autre, *L'Inconstance du vin,* dans le numéro d'octobre 1978.

Rue de l'Hôtel-de-Ville
21390 Précy-sous-Thil
ISBN 2-906594-70-9

A Gérard Gautier,
à l'éditeur et à l'ami,
ces lubies et ces rêves
sous sa tutelle.

Le vin est vraiment un universel qui sait se rendre singulier s'il trouve toutefois un philosophe qui sache le boire.

Gaston BACHELARD,
(La Terre et les rêveries du repos).

Rien ne resplendit dans les choses et dans les êtres qui ne vienne de nous. C'est nous qui inlassablement faisons surgir la merveille de tout le créé.
Elle existe cette merveille, mais elle est nous-même.

François MAURIAC,
(*Bloc-notes,* 8 septembre 1959).

I. – LES IMAGES DU VIN

Le souvenir d’un vin

Naguère, je terminais *Les Fruits de l'automne,* troisième volume de mon *Carnet d'un Bourguignon,* par une phrase qui pourrait servir d'introduction à ces présentes pages : *« Je recueille sur mon papier ces grappes du temps et j'en fais une récolte qui se transformera peu à peu en une boisson grisante, le vin du souvenir. »*

Qu'il soit familial, sentimental, intellectuel ou sensuel, le souvenir, cette remémoration du passé, s'accompagne toujours d'une certaine dose de nostalgie ou de mélancolie, alcools aromatiques ou liqueurs hallucinogènes qui vous plongent dans un ailleurs, dans un arrière dont on ne sait plus bien si on les a vraiment vécus. Il faut alors se raccrocher au réel, ne plus séjourner dans la lune et retrouver le présent, ce moment d'équilibre entre le passé et l'avenir où l'on avance sur le fil tendu de la vie en sachant bien qu'au bout – mais quel bout ? –, c'est la chute.

Moins mentalement, plus charnellement que la nostalgie ou la mélancolie, le vin nous grise de ses arômes, nous envahit de son fluide généreux, nous stimule de son énergie liquide. Il nous donne cette légèreté corporelle, cette alacrité d'esprit et cette vélocité verbale qui nous haussent un temps au-dessus de nous-mêmes. Mais il ne nous exile pas de l'époque ou du lieu où nous sommes, souvent entourés de ceux qui ont levé le verre avec nous.

Cependant, si le vin nous éloigne de la nostalgie, s'il nous protège de la mélancolie, il nous immerge volontiers dans les profondeurs irisées, parfumées, succulentes de la mémoire vineuse. Il existe un *souvenir du vin* qui ne doit rien qu'à lui-même, à l'ancienneté de son histoire, au lieu géographique de ses racines, aux mystères de sa naissance, aux péripéties de ses transformations et à ses tenaces empreintes sur nos sens, nos esprits et nos cœurs.

Si, d'une tasse de thé dont il reconnut l'odeur et le goût, Proust vit s'édifier devant lui tout un pan de son enfance, l'amateur sent parfois, après avoir savouré un vin, se développer en lui le corps, l'arôme et le tissu coloré du souvenir d'un autre vin. Au cours d'une dégustation, d'un repas ou d'une conversation, peut surgir ainsi, dans l'esprit d'un des participants, le souvenir d'un vin, surgir et se concrétiser dans un discours qui, étayé de sensations et de précisions, émerveille toujours les témoins de cette miraculeuse réminiscence. « *Les impressions introduites et amassées en moi par les (...) sens, je les évoque comme il me plaît ; je discerne le parfum des lis de celui des violettes, sans humer aucune fleur, je peux préférer le miel au vin cuit, le poli ou le rugueux, sans rien goûter ni rien toucher, seulement par le souvenir.* » Qui dit cela ? Un dégustateur, un parfumeur, un gastronome, un esthète ? Non, un évêque, un Père de l'Eglise du IVe siècle : saint Augustin dans ses admirables *Confessions,* saint Augustin qui flairait l'odeur de Dieu comme si elle était depuis toujours déposée dans sa mémoire.

Les souvenirs sont comme ces paroles gelées que Pantagruel, naviguant dans les mers glaciales, jetait à pleines mains sur le tillac de son navire : les souvenirs dégèlent à la chaleur de l'émotion. Ils renaissent alors et revivent avec les éclats de leurs sonorités et la multiplicité de leurs significations. Le feu de notre sang dégèle ce qui, dans notre mémoire, s'était glacé d'avoir été si longtemps relégué dans l'inexistence.

Un jour, nous étions autour d'une table avec des amis et venions de savourer, sans commentaire, un vin exceptionnel. L'un de nous, qui n'était pas un initié, me demanda :

« Pourquoi, lorsque le vin est bon, très bon même comme aujourd'hui, pourquoi ne dites-vous rien, pourquoi vos visages prennent-ils un air de gravité, pourquoi n'applaudissez-vous pas cette incomparable réussite ?

– Cher ami, lui répondis-je, applaudissez-vous l'harmonie d'un tableau, les trilles d'un rossignol, le parfum d'une rose ? On n'applaudit pas au feu d'artifice d'un vénérable et grand bourgogne. On n'applaudit pas, on se recueille. On laisse s'épanouir en soi les sensations éprouvées. Des propos sans doute hâtifs et insuffisants briseraient le charme dont nous sommes ravis d'être enchantés.

– Soit, j'accepte votre façon de voir, de ressentir plutôt, mais ne pouvez-vous pas exprimer tout au moins votre enthousiasme ?

– Patience, cher ami, patience, laissez le temps s'écouler, laissez les sensations s'intensifier en nous et, vous le constaterez, les paroles viendront à leur heure. On en parlera de ce vin, croyez-moi, on en reparlera longtemps encore. »

Un autre des convives intervint à son tour :

« Nous voici déjà lancés sur ce sujet inépuisable qu'est le vin... Vous venez de dire qu'on peut le boire sans en parler immédiatement, mais qu'ensuite on pourra en parler sans le boire. Sur ce thème, je vais vous lire le témoignage que j'ai relevé dans un émouvant petit livre intitulé *Le Bordeaux retrouvé*[1]. L'auteur, c'est Jean-Paul Kauffmann. Vous vous souvenez peut-être qu'il a été séquestré au Liban en 1985 et maintenu en otage pendant plus de trois années avec deux autres journalistes, Marcel Carton et Marcel Fontaine. « *On sait depuis longtemps,* écrit Kauffmann, *qu'il n'est pas nécessaire de boire du vin, qu'en parler suffit pour entretenir cette sociabilité qui était pour nous* (les otages) *une forme de survie.* » Jean-Paul exprime l'essentiel dans cette phrase, surtout si l'on sait que, pour survivre et aider ses compagnons à survivre, il leur a enseigné jour après jour tout ce qu'il savait sur les vins et les vignobles de Bordeaux qu'il aimait et connaissait bien. N'est-ce pas une belle et héroïque illustration de ce qui vient d'être dit ? »

Oui, il faut savoir se souvenir. Se souvenir, c'est revivre en imagination une tranche de notre passé, c'est ressentir une joie ou une peine d'un moment réel, mais atténuée, adoucie par le recul du temps et son irréalité. Le souvenir d'un vin, c'est l'un des plus étonnants et des plus agréables phénomènes de notre mémoire sensorielle. Le souvenir d'un vin, c'est son fantôme, son essence, la résurrection mentale d'anciennes sensations gustatives, les stimuli de perceptions virtuelles mais si tangibles qu'il est possible de les traduire en paroles ou en écriture. Le souvenir d'un vin, c'est l'image de ce vin qui, dégusté autrefois, apparaît tel qu'en lui-même sur l'écran de notre mémoire avec, derrière lui, le cortège de son existence. Car le souvenir d'un vin, ce n'est pas seulement ces arômes qui reviennent hanter notre odorat ni ces perceptions que se remémorent notre langue et notre palais, mais c'est aussi sa province natale, la vigne qui l'a engendré, le terroir qui l'a nourri, les humeurs sombres ou joyeuses du climat qui l'ont doué de vices ou de vertus, le vigneron qui l'a tiré du ventre de sa mère et l'a élevé,

---

(1) Edition réservée aux « Relais et châteaux », 1989.

le village qui lui a donné son nom, le lieu-dit qui l'a baptisé d'un prénom, l'année de sa naissance enfin qui lui attribue un millésime.

On ne boit jamais le même vin : l'homme change, le vin se modifie. Ils vieillissent ensemble et chacun différemment. Comment alors s'y reconnaître ? Par le souvenir, le souvenir de ce que l'on fut, le souvenir de ce qu'était le vin. Si l'homme varie au cours d'un repas selon les mets servis, son appétit et l'ambiance générale ; si le vin varie pendant son court séjour dans le verre selon la température et l'aération, l'homme et le vin auront subi bien d'autres transformations s'ils se retrouvent après plusieurs années. La vie agitée de l'un, le repos cellulaire de l'autre changeront leur constitution tout en leur conservant, pour l'un son être, pour l'autre son origine. L'affirmation d'Héraclite que *jamais homme n'est deux fois entré en une même rivière* vaut aussi dans ce cas : jamais homme n'a bu deux fois le même vin. Le temps se joue de nous : il use nos papilles, il trafique notre vin. Apollinaire, dans *Le Pont Mirabeau* chante au refrain de son beau poème : *Les jours s'en vont je demeure.* Il ne demeure pas, il se meurt de mélancolie. Même s'il s'est arrêté sur le pont pour voir couler la Seine, son sang à lui coule dans ses veines. Pour le vin, les jours s'en vont aussi, et la robe se décolore, et le bouquet se fane, et le corps s'amenuise... C'est l'instabilité des êtres et des choses qui glorifie le souvenir et nous le rend si cher. Et le souvenir d'un vin entre bien d'autres.

Parfois, ce souvenir d'un vin peut se révéler aussi enivrant que le vin lui-même. Il communique à notre esprit une étrange ivresse, cette *ivresse sobre* que les mystiques éprouvent dans leur âme quand elle respire Dieu.

Mais, à bien y réfléchir, le vin n'est jamais qu'un souvenir. Lorsque nous l'avons bu, que nous avons pris conscience de son individualité gustative, il n'est déjà plus en nous qu'une apparence, qu'un souvenir, un souvenir très proche qui laissera place à d'autres souvenirs pour réapparaître – Dieu sait quand, pourquoi et comment ! – en un glorieux ressouvenir.

Dans l'un de ses ouvrages intitulé *Souvenir souvenirs,* l'Américain Henry Miller réserve une place importante à la France. Il la connaît bien et l'aime d'un amour aussi charnel que spirituel. Pour le charnel d'ailleurs, on peut lui faire confiance. Il se régale à sentir l'arôme du pain frais, à flâner devant les étals de fruits ou de viandes, à s'installer à la terrasse d'un bistrot, à manger des yeux les filles qui passent si fraîches et si belles. *« C'est petit, la France,* disait-il, *mais c'est bourré de merveilles. »* Notre pays pour lui, c'est le souvenir de *tant de rivières à traverser, tant de fromages à grignoter – et des boissons de toutes sortes.* Au cours de son récit, il retrouve une bouteille qu'il avait bue avec des amis, il rêve devant l'étiquette – un Latricières-Chambertin – et s'écrie : *« Quels souvenirs évoque cette bouteille vide ! »*

Oui, que de souvenirs entourent et enrichissent les vins que nous avons appréciés ! Tous ces *vins du souvenir* édifient en chacun de nous une cave imaginaire, celle des crus provenant d'un double choix, le nôtre et celui de notre bienveillante mémoire. Mais, dans cette cave de rêve, le plus séduisant de ses crus, le plus grisant, c'est le *vin des mots,* cette prose somptueuse dont nous les revêtons pour les évoquer.

Le pressoir mythique
et le pressoir mystique

La culture de la vigne m'est familière. Je l'ai observée quotidiennement pendant de nombreuses années et l'ai étudiée avec minutie dans les livres. Mais je ne l'ai jamais pratiquée : c'est un de mes regrets d'homme du vin. Je n'ai jamais ni taillé, ni ébourgeonné, ni attaché, ni accolé, ni relevé, ni bouéché, ni labouré, ni traité, ni greffé, ni planté, ni conduit un tracteur dans le rang... En revanche, et ainsi que beaucoup de jeunes Français ou étrangers, j'ai participé aux vendanges. Cette tâche, décrite par bien des poètes comme une fête vigneronne et par certains littérateurs comme une partie de franche rigolade, est en fait un rude travail de paysan. Vendanger exige de la patience, de la résistance, des doigts habiles, des reins solides et de la persévérance. Dans le climat bourguignon, souvent humide et froid à cette époque, la terre grasse vous colle aux bottes, les gelées matinales vous nouent les mains et le sucre des raisins vous englue les doigts. Rares sont les vendanges ensoleillées où les donzelles s'exhibent en maillot de bain.

Plus qu'à la vigne, c'est au vin que je me suis intéressé. Je lui ai voué non seulement ma carrière mais ma dévotion la plus fidèle. J'ai appris à faire le vin, à l'élever, à le juger qualitativement. Toutes ces actions, dont je devinais la magie, m'ont séduit et poussé à leur consacrer aussi bien mon temps que mes recherches vers la perfection. La transformation du moût en vin, l'hygiène du vin pendant son séjour en fût, la mise en bouteilles et l'analyse gustative des défauts et des qualités d'un vin m'ont été enseignées empiriquement. J'appartiens à une génération qui se formait encore *sur le tas* et devait presque tout à ses prédécesseurs. Mais l'attrait était tel que j'ai éprouvé le besoin de compléter l'expérience reçue des anciens par quelques cours spécialisés et, surtout, par d'incessantes lectures d'ouvrages ou de revues techniques. Lorsqu'on s'intéresse à ce que l'on fait, tout devient facile. Avant même de me charmer ou de me réjouir par ses vertus sensuelles, récompense suprême, l'individualité du vin suscitait en moi un constant intérêt. Fragile, instable et délicat, il me posait une succession de problèmes qu'il fallait prévoir afin de les résoudre sur-le-champ. Au cours de son élaboration et de son élevage, le vin exige, en plus d'une totale disponibilité, une observation rigoureuse, un jugement sûr et une action rapide.

Je me plais souvent à comparer le trajet qu'accomplit le vin, depuis son départ en moût jusqu'à son arrivée en bouteilles, au parcours d'une épreuve hippique. Le circuit est semé d'obstacles divers qui sont autant de traquenards. Qu'une barre tombe, qu'une haie bascule, qu'une eau gicle, qu'un mur s'ébrèche, et les mauvais points s'accumulent éloignant le cavalier de son but espéré : la première place. Il en est de même pendant l'élevage du vin. À chacune des erreurs, des fautes ou des omissions que le vinificateur – ce cavalier du vin – commet, c'est autant de fêlures, d'ébréchures ou de cassures qui se produisent et pénalisent la qualité rêvée. Un oubli, une étourderie, une fausse manœuvre et c'est la robe qui se trouble, s'éclaircit ou forcit trop, c'est le bouquet qui se banalise ou s'enfuit, c'est le corps qui perd de son moelleux ou se désunit.

Le pressoir mystique (Pinaigrier)
Église Saint-Étienne du Mont-Paris
Photo : Emmanuel Michot - Jean-Claude Loty

J'avoue m'être pris au jeu de ce concours *épique* pour accéder à la qualité première.

Chaque année aux vendanges, le temps de la vinification constituait pour moi une épreuve à la fois angoissante et privilégiée : il me fallait conduire le vin vers sa victoire. Je me campais à la cuverie comme un chef de troupe sur le lieu de l'affrontement. Il fallait mesurer les forces de l'adversité, établir une stratégie, décider, commander, puis suivre attentivement les opérations pour faire face aux imprévus, aux déficiences. Le risque ? Rater un vin, plus que d'être occis par le redoutable oxyde carbonique. Un chef en action ne dort guère. Je passais de longues soirées auprès du vieux pressoir dont le cœur battait dans le silence. Pendant ces années de l'après Seconde Guerre mondiale, la vinification était encore très proche de celle, artisanale, du XIXe siècle. Ah ! cette cuverie-là n'avait rien qui puisse se comparer avec une cuverie d'aujourd'hui. Le plastique et l'inox ont supplanté le bois des cuves, des tonneaux, des pressoirs et des *sapines*. Tant et si bien que nos cuveries, maintenant, prennent des allures de laiteries ou d'éléments d'une usine atomique. Il m'arrivait parfois de rêvasser auprès du vieux pressoir pendant ces soirées qui s'allongeaient jusque bien au-delà de minuit. Si le pressoir pressait, il n'était pas pressé. Normalement actionné par une roue qu'on tournait jadis à la main, nous l'avions doté d'un moteur électrique et d'une courroie de transmission. Sa marche était lente et le moût s'écoulait en jouant d'une musiquette de source grêle. J'entonnais ce moût dans des pièces neuves et le bruit de la pompe froissait la paix nocturne. Enfin, lorsque la tension dépassait la puissance du moteur, il fallait l'*accompagner*, disait-on, en aidant la roue avec les bras jusqu'à l'achèvement de la pressée.

Ce vieux pressoir, je l'avais doué de parole en inscrivant à la craie, sur sa poutre maîtresse et ses deux montants, des phrases latines empruntées à la Vulgate et à Virgile. L'une, tirée des *Proverbes (3, 9/10)* disait : *Honora dominum et vino torcularia* (Honore le Seigneur et tes pressoirs regorgeront de vin). Les deux autres, celle de *Néhémie (8, 10)* et celle des *Géorgiques (Livre II, 6)* disaient : *Ite et bibite mulsum* (Viens et bois le moût) et *Spumat plenis vendemia labris* (La vendange bouillonne dans les cuves pleines). Oui, le vieux pressoir parlait latin : il se réjouissait des cuves en gésine, invitait à goûter le moût et à remercier le Seigneur pour ses dons. J'étais à la fois décontenancé et fier lorsque des visiteurs – les cuveries en mal de vin attirent beaucoup de curieux – ne parvenaient pas à comprendre ces inscriptions. Mais, je m'en faisais humblement l'interprète.

On confiait à ce vieux pressoir l'honneur d'extraire délicatement le moût de quelques vignobles réputés de Meursault et, donc, de participer à la naissance de ces grands vins blancs dont je me suis toujours régalé. Peu à peu cet imposant pressoir près duquel je veillais avec plaisir et que j'aidais avec respect, m'apparut comme le symbole monumental de la vinification. Il trônait majestueusement face aux cuves alignées comme à la parade. C'était lui le maître des lieux. À la fin des vendanges, après l'avoir rafraîchi et décrassé par une toilette vigoureuse, je le quittais jusqu'à l'année prochaine avec un brin de mélancolie. Mais je ne manquais jamais de le saluer lorsqu'il m'arrivait de traverser la cuverie qui dormait dans la quiétude et la pénombre onze mois sur douze. Ce maître pressoir n'a jamais changé de place. Il trône toujours, solide, massif, hiératique, mais inactif désormais parmi le matériel moderne qui l'entoure. Il demeure à jamais pour moi ce monument mythique dont je n'ose plus dire, dont j'hésite même à croire, que j'ai collaboré tant d'années avec lui.

Au-delà de ce pressoir vénéré d'où ruisselle toute une cuvée de souvenirs, j'ai, remontant les siècles, rencontré le plus extravagant de ses aïeux né de l'imagination baroque et artistique des hommes pour convaincre d'autres hommes : *le Pressoir mystique*. Cette rencontre, comme bien d'autres, s'est faite autour d'une de mes lectures. Je me suis immergé, un temps, dans les passionnants ouvrages d'Emile Mâle sur l'art religieux au Moyen Age, ouvrages que je tiens du chanoine Emile Taboureau, curé de Sainte-Chantal à Dijon et frère de mon grand-oncle par alliance, Jean des Vignes Rouges. Emile Mâle étudie l'iconographie de cette époque et ses sources d'inspiration. C'est une bonne initiation à la connaissance des objets d'art dans les lieux de culte catholique : bas-reliefs, statues, fresques, vitraux, gravures, tableaux, retables. Tous les symboles s'éclairent, tous les personnages s'identifient sous la plume de cet historien et toutes les questions qu'on se pose s'enrichissent de réponses émerveillantes. J'appris ainsi que l'art religieux du XIIIe siècle *reflétait les côtés lumineux du christianisme* alors qu'au XVe siècle, cette bonté, cette douceur et cet amour cédaient la place à la douleur, aux plaies, au sang, à la mort. La sensibilité s'était profondément modifiée. Au rayonnement du Jésus des miracles et des béatitudes se substituait la tristesse du Christ des souffrances, des violences et du deuil de la Passion. *La chrétienté tout entière,* dit alors Emile Mâle, *reçoit le don des larmes*.

Après avoir croisé, dans un chapitre, le Christ aux outrages, le Christ à la colonne, le Christ au Calvaire et enfin le Christ en croix, je cheminais tête basse et plein de compassion lorsque, vers la fin de ce chapitre, le sang s'est mis à sourdre entre les lignes, à couler, à ruisseler. J'ai contourné alors, avec un certain dégoût, les *Fontaines de vie* sinistrement alimentées par le Précieux Sang qui sort des plaies du Christ et stagne dans une vasque où les pécheurs sont conviés à se baigner pour se purifier. Qui ne préférerait aller se laver dans l'eau claire et miséricordieuse de la piscine de Siloé ? Soudain, laissant derrière moi ces fontaines rougies, je me suis trouvé face au *Pressoir mystique*. Ce fut le grand choc, l'horreur dans toute son atrocité. Comment les chrétiens, auxquels Jésus, saint Paul, saint Bernard et d'autres avaient prêché l'amour, eurent-ils l'idée tortueuse de transformer mon vieux pressoir inoffensif, exsudant un moût doré à goût de miel, en un redoutable instrument de torture dégoulinant de sang ?

Je sais bien que pour décrypter l'iconographie chrétienne, il faut se reporter à l'*Ancien* et au *Nouveau Testament*. Tout part, en effet, de la grappe rapportée de Canaan, la terre promise ; passe par les visions du prophète Isaïe ; se symbolise aux noces de Cana ; s'institue le soir de la Cène et se concrétise avec les plaies de la crucifixion : piqûres de la couronne d'épines, déchirures des clous aux mains et aux pieds, blessure de la lance au flanc. Je sais bien qu'on a osé représenter des crucifixions sur le bois d'un cep où pendent des raisins... Mais qui, prêtre, moine, frère prêcheur, évêque, exégète ou théologien, a pu le premier sortir de son imagination délirante cette idée barbare d'étendre le Christ dans un pressoir à la place des grappes de raisin ? Je ne suis pas un dévot de la crucifixion, et son évocation n'a jamais excité ma piété. Si cette vision d'une mort atroce frappait encore quelques esprits au temps de ma jeunesse, ce n'est plus le cas aujourd'hui. Est-ce la violence de notre monde moderne qui a émoussé nos sensibleries ? Si les chrétiens actuels pratiquent encore volontiers le signe de la croix, ce geste de conviction et de respect, ils sont très éloignés de l'esprit primitif d'une chrétienté qui, à partir du XVe siècle, a conçu, développé, répandu ce thème troublant du *Pressoir mystique*.

Les représentations de ce *Pressoir mystique* se sont d'abord traduites, dès le XIIe siècle, par un large éventail de curieuses inventions. Elles se sont ensuite figées, fin XVIe et début XVIIe, dans un ensemble parfaitement élaboré tant au point de vue artistique que pédagogique. Mais les premiers artistes ont laissé libre cours à leurs imaginations débordantes. Voici, évoquées brièvement, quelques-unes de leurs élucubrations : un cœur serré dans un pressoir ; le Christ dans la maie d'un pressoir ; le Christ dans une maie et ployant sous deux poutres formant une croix ; le Christ debout sur le devant d'un pressoir, les pieds posés de chaque côté de la goulotte d'où le sang s'écoule dans un cuveau précédé d'un calice ; le Christ, debout sur les deux branches d'un cep, laisse voir la plaie de son flanc et tient un calice renversé ; le Christ foule des raisins dans la maie d'un pressoir en soutenant une poutre reliée à deux vis de bois et, au lieu de moût ou de sang, ce sont des hosties que recueille un calice...

Mais pour bien être informé de ce que peut représenter le thème définitif du *Pressoir mystique,* il faut détailler le chef-d'œuvre qu'un artiste du XVIIe siècle, Nicolas Pinaigrier, en a tiré en choisissant parmi les meilleures idées de ses devanciers. Ce chef-d'œuvre est un superbe vitrail de l'église Saint-Etienne-du-Mont à Paris. Pinaigrier nous présente, en des scènes diverses réparties à divers endroits de son vitrail, non seulement le pressurage, mais ce qui le précède et ce qui le suit :

– au centre, le Christ mort, lauré de son auréole, est étendu sur la maie d'un pressoir sans claie, ni madriers, ni vis. Le sang jaillit de ses cinq blessures et s'écoule par une goulotte. (Sur un autre beau vitrail de même inspiration, dans l'église Sainte-Foy de Conches-en-Ouche, le Christ, à demi vêtu d'un manteau rouge, se tient debout sur la maie du pressoir. Il s'adosse à une grande vis de bois maintenue par une charpente de madriers.)

– en haut à gauche, les hommes de l'Ancien Testament bêchent la vigne d'Israël et, en dessous d'eux, les Apôtres, hommes du Nouveau Testament, vendangent et mettent les raisins dans une cuve où piétine un fouleur.

– au-dessus du Christ, un étrange charroi se dirige vers une église : c'est une voiture à quatre roues chargée d'un tonneau, conduite par l'Ange de saint Matthieu et tirée par un fabuleux attelage composé du Lion de saint Marc, du Bœuf de saint Luc et de l'Aigle de saint Jean.

– en bas, quatre Pères de l'Église, identifiables à leurs vêtements sacerdotaux et à leurs tiares, versent le Précieux Sang dans des tonneaux. Ces tonneaux sont descendus en cave par un pape, un cardinal, un empereur et un roi de France en cape violette semée de fleurs de lys dorées.

Tous ces travaux viticoles et vinicoles où s'activent les hommes de l'Ancien Testament, les Apôtres, les Evangélistes, les fondateurs de l'Église et de la chrétienté, se déroulent sous le regard de Dieu le Père et la protection de la colombe du Saint-Esprit. Comme l'exprime si bien Emile Mâle, on ne sait si l'on assiste à une épopée où se mêlent grandeur et trivialité ou si l'on voit s'illustrer un poème de la vigne et du sang. Le plus extraordinaire, c'est que le symbole du *Pressoir mystique* s'est développé, comme une belle fleur vénéneuse, sur l'interprétation d'un seul passage de la Bible emprunté à une prose apocalyptique d'*Isaïe (63, 2/3) :*

– Pourquoi te drapes-tu
et te vêts-tu comme un fouleur au pressoir ?
– Au pressoir, j'ai foulé solitaire.
Des gens de mon peuple, nul n'était avec moi.
Alors, dans ma colère, je les ai foulés...
Leur jus a giclé sur mes habits.

Comment, de ce court dialogue où Yahvé montre sa colère vengeresse contre son peuple, en est-on parvenu à l'idée de placer le Christ en victime sous l'écrasante pesée du pressoir ?

Certes, il s'agissait, je le veux bien, de révéler le mystère du sang versé par le Christ pour sauver les pécheurs et de proclamer la vérité du sacrement de l'Eucharistie face aux contestations des protestants. Mais n'aurait-on pas pu choisir un symbole moins cruel et moins torturant ? Je sais bien qu'une scène de pressurage fascine les regards, je sais bien que le jus qui suinte et coule est un breuvage délicieux, je sais bien qu'un artiste puisse être tenté de s'en inspirer pour produire une belle œuvre... Mais nos ancêtres étaient-ils de si rudes bonshommes qu'ils ne craignaient pas, même pour illustrer leur foi, de soulever le cœur des fidèles en pataugeant dans ce tragique sanglant ? Il est vrai que Claudel, avec son allure de poète-paysan, sa rudesse lourdaude et son réalisme pataud, triturait parfois les symboles avec des mains de déménageur. Un jour, à Rome, il note dans son *Journal* l'énorme impression que lui fit le Colisée : *Toutes les routes de la terre aboutissent là,* écrit-il, *à cet effroyable muscle concentrique, à cette cuve, à ce pressoir...* Eh oui ! il fallait un sacré poète pour imaginer le Colisée comme une immense claie de pressoir toute suintante du sang des martyrs. Le voilà, le monstrueux *Pressoir mystique !*

Ô toi, mon cher et vieux pressoir, tu n'as jamais qu'écrasé, avec patience et douceur, les nobles grappes du chardonnay dont le jus laiteux glissait sur ton bois sans le rougir. Qu'aurais-tu fait si l'on avait jeté sur ta maie, encagé entre tes claies, le corps pantelant de Jésus ? Tes rouages, n'est-ce pas, se seraient grippés et ta vis aurait cessé de tourner.

Ô toi, mon vieux pressoir, toi qui n'étais qu'un instrument de travail aux mains des hommes, tu es maintenant cet ancêtre figé dans son bâti de poutres et de ferrures, tu es ce témoin des temps passés qui assiste, muet, immobile et serein, aux naissances des millésimes à venir.

Ô toi, mon vieux pressoir, tu es devenu l'emblème de cette civilisation lente, hélas disparue, où les chevaux étaient harnachés de cuir, avaient des fers aux sabots et des mors d'acier entre les dents. Vois, tout est d'acier maintenant autour de toi, d'un acier inoxydable que la rouille ne parvient plus à ronger. Tout est d'acier, sauf les fûts qui sont encore en ce bois de chêne odorant où nos vins aiment à se pelotonner dans leur prime jeunesse.

Ô toi, mon vieux pressoir, tu as été mon fidèle compagnon au temps de mes jeunes vendanges. Ton cœur battait avec le mien au cours de nos longues soirées ensemble dans la pénombre d'une cuverie embaumée d'odeurs vineuses.

Ô, vieux pressoir, mon affection pour toi ne se tarira pas, toi que j'ai associé à la chrétienté en inscrivant sur ton front de bois cet appel à honorer, et non à torturer, le Seigneur afin qu'il donne en abondance à ses bons vignerons des paniers remplis des grappes de sa miséricorde.

Oh ! non, cher vieux pressoir, les fumées capiteuses et parfois pernicieuses des cuves ne sont pas montées jusqu'à mon cerveau. C'est donc sain d'esprit et de corps que je signe cette prosopopée finale, et la dédie à ta mémoire.

Les goûteurs de vin

Repas de paysans
Louis Le Nain (1600-1648) Louvre

Si l'on me demandait de choisir, parmi diverses reproductions de gravures ou de tableaux, pour illustrer la couverture d'un ouvrage sur le vin, je n'hésiterais guère : je proposerais le *Repas de paysans* de Louis Le Nain.

En regardant cette peinture, en effet, on est bientôt frappé de la place importante occupée par le vin logé ici, dans une cruche et deux verres, au milieu d'un groupe de paysans particulièrement attentifs. Cette mise en valeur du vin dans ce chef-d'œuvre m'a tellement intrigué que j'ai décidé d'aller plus loin, de mieux observer ce tableau et d'en tenter une analyse réaliste en me plaçant au point de vue du dégustateur.

Il ne s'agit donc pas d'une critique d'art, mais d'une interprétation libre et personnelle d'une toile devant laquelle tout le monde au Louvre peut s'arrêter pour rêver, admirer, s'extasier. Ma liberté de commentateur sera d'autant plus large qu'on connaît peu de choses du peintre et rien de ses intentions.

Ce tableau date de 1642. Richelieu va mourir et céder la place à Mazarin. Louis XIII décédera l'année suivante. Le siècle de Louis XIV s'annonce déjà. Si le XVIIe siècle projette en nous des idées de grandeur et de gloire, c'est surtout par le pouvoir absolu d'un roi et d'une classe, la noblesse, et c'est aussi par la beauté de ses créations artistiques et littéraires. Mais, alors que la richesse financière et intellectuelle est urbaine et aristocratique, la pauvreté ou la misère sont le lot des campagnes et de la paysannerie.

On peut s'interroger sur la motivation qui, à ce moment-là, poussa Louis Le Nain à prendre ses modèles dans cette obscure paysannerie. Est-ce parce que son père, sergent royal au bailliage de Vermandois, possédait une vigne et un peu de terre aux environs de Laon ? Est-ce parce qu'il voulait s'engager politiquement en attirant l'attention sur une classe dédaignée ? Est-ce parce qu'il était réellement attiré par la simplicité et la grandeur des mœurs et des travaux rustiques, par l'image et la couleur des champs, des bois et des fermes ? N'oublions pas qu'en cette première moitié du XVIIe siècle, de nombreux poètes, à l'exemple de Racan, fuient la Cour et se retirent dans leurs terres, au milieu des paysans qu'ils voient vivre d'une vie, certes dure, parfois même misérable, mais toujours libre, digne, familiale et baignée d'une certaine sérénité.

Mais, revenons à notre *Repas de paysans*. Au lieu de peindre, soit une famille de paysans devant leur solide maison de pierre[1], soit quelques paysans en plein air dans un paysage dominé par une chapelle gothique et bordé de frondaisons derrière lesquelles se cache un village[2], soit la cuisine d'une chaumière avec tous les membres d'une famille paysanne *casse-croûtant* près d'une table et tournant le dos à un feu de cheminée qui éclaire sobrement la scène[3], Louis Le Nain choisit, cette fois-là, de représenter une autre famille réunie, elle aussi, dans une salle commune où la lumière du jour pénètre

(1) *Paysans devant leur maison,* San Francisco, Museum of Legion of Honor.

(2) *Paysans dans un paysage,* Hartford, Conn., Wadsworth Atheneum.

(3) *Famille de paysans,* Paris, Musée du Louvre.

assez chichement. Lorsque Le Nain peint des extérieurs, les hommes y figurent surtout pour animer la campagne ; mais lorsqu'il peint un intérieur, il néglige franchement le cadre au profit des portraits. Dans le *Repas de paysans,* il est difficile de se faire une opinion sur le décor de la salle commune car le fond est plongé dans une demi-obscurité. On entrevoit seulement le haut manteau d'une cheminée, le volet d'une petite fenêtre à peine entrebâillé, une armoire, une table recouverte d'une nappe, un tabouret à trois pieds et un autre siège composé d'une planche posée sur un tonneau. Il faut vraiment faire un effort pour voir toutes ces choses car le groupe humain occupe tout l'espace et monopolise le regard.

Ce tableau porte maintenant le titre sous lequel il est présenté au Louvre : *Le Repas de paysans*. Mais, dans le passé, on lui a parfois donné d'autres noms : *Le Fermier bienfaisant* ou *Les Buveurs*. Le premier de ces trois titres me semble un peu exagéré car ce *repas,* une simple miche de pain, n'est qu'une maigre pitance même chez des paysans miséreux ; il manque au moins la traditionnelle soupe chaude des familles les plus pauvres. Le deuxième titre me paraît assez alambiqué, difficile à faire coller avec la scène représentée ; il sent son XVIIIe siècle et fait songer à notre Greuze. C'est évidemment le troisième titre, *Les Buveurs,* qui répond le mieux à ce que l'on a sous les yeux. Mais je le trouve un peu vague, pas assez explicite car ce tableau, dans lequel la plupart des critiques d'art découvrent une certaine grandeur et, même, un climat presque religieux, a toujours fait vibrer en moi la corde sensible du dégustateur. Cette scène paraît, en effet, familière et naturelle au Bourguignon que je suis et c'est pourquoi je n'y vois pas ce que certains voudraient y voir : un groupe recueilli autour de ces deux sources de joie, de vie, et même d'éternité pour les chrétiens, que sont le pain et le vin. Certes, les personnages sont silencieux, attentifs, pensifs même, mais il ne s'agit pas d'une cérémonie sacrée ou d'une sorte de communion familiale. Observons-les de plus près.

Deux hommes, dans ce groupe de sept personnages, attirent d'emblée les regards, l'un parce qu'il est la figure centrale, l'autre parce qu'il est le plus éclairé de tous. Et ces deux hommes sont les seuls à tenir un verre de vin. Leurs visages expriment une certaine tension et leurs attitudes sont très évocatrices pour un amateur de vins : ces deux hommes arrivent au moment crucial d'une dégustation, celui où ils vont devoir formuler une appréciation.

Sauf l'enfant aux pieds nus, à l'extrême droite, qui jette un œil dans notre direction, tous les autres personnages s'intéressent singulièrement à ce que font les deux buveurs et à ce qu'ils vont bientôt dire. L'enfant au violon s'est arrêté de jouer et semble fasciné par le verre que le buveur, qu'on voit de face, tient à une certaine hauteur. Le jeune enfant au bonnet brun-rouge, en partie dissimulé par l'un des jambages de la haute cheminée, ouvre de grands yeux et son visage exprime l'étonnement et l'attente. La femme, debout sur la gauche, derrière le buveur de profil, baisse les yeux et se retient de bouger, comme intimidée par ce qui se passe et un peu gênée par ce qui va se passer. Quant au troisième homme assis, celui qui tient son chapeau sur ses genoux, il regarde dans le vague, tassé sur lui-même et comme accablé d'avance par le verdict qui va bientôt tomber. Un seul être ne se sent vraiment pas impliqué dans cette séance privée de dégustation, c'est le petit chien, le griffon bruxellois qu'on aperçoit, en bas et à gauche du tableau, et qui lève la tête dans la même direction que l'enfant aux pieds nus.

Ce tableau nous introduit donc, en témoins invisibles, à la fin d'une sorte de réunion à huis clos où deux paysans-vignerons dégustent et jaugent le vin qu'un de leurs collègues vient de leur soumettre. À observer ce dernier, qui n'a même pas dégusté avec ses amis, on se doute bien que son vin, dont il a apporté un pichet, n'est pas fameux. Mais, sait-on jamais ? On va peut-être le rassurer et lui donner un bon conseil... Le dégustateur de profil a le verre en bouche et goûte à nouveau ce vin. Il se concentre une fois encore, les yeux presque fermés, le poing droit serré et posé sur sa cuisse. Quant au dégustateur de face, le maître de maison sans doute tant son autorité transparaît sur ses traits, il en a terminé avec sa dégustation, il sait maintenant à quoi s'en tenir et, en un geste final, il hausse son verre en regardant l'homme qui attend le verdict. Son visage aux yeux francs et durs ne dissimule rien de ses sentiments, de son inquiétude, de sa sévérité, ni rien de ce qu'il va dire : *Ton vin, mon pauvre vieux, ne vaut pas cher ; il est même invendable et je sais que c'est un sale coup pour toi cette année !*

Mais les attitudes des personnages, telles que je viens de les décrire et de les commenter, ne sont pas les seuls arguments en faveur de ma thèse. Il en manque un, le plus important : le peintre lui-même a volontairement souligné, par la structure de son tableau et le jeu habile d'une couleur, que la première place de cette scène revenait au vin. Bien visible, en effet, dans le verre du buveur de face, le vin occupe au-dessus de la nappe blanche et de la miche de pain, une place d'honneur : le peintre nous le présente par l'intermédiaire du personnage le plus en vue et dans un verre de belle facture, doucement évasé, convenant bien à une dégustation. Enfin, la robe rouge de ce vin s'amplifie par une subtile modulation picturale : au milieu de la teinte sourde et terreuse de l'ensemble, des vêtements surtout, coule et chante un frêle ruisseau rouge qui prend sa source dans le bois du violon, passe d'un verre à l'autre verre après s'être répandu sur le bonnet de l'enfant près de la cheminée, puis va s'étaler en une flaque enluminée formée par la manche du costume de la femme. Cette ligne colorée circule dans la partie haute du tableau et ne prend pas contact avec la terre comme la nappe, par exemple, qui traîne sur le sol. Le peintre n'a-t-il pas voulu nous faire ainsi comprendre que le vin, d'une essence supérieure à celle des objets, se situe au niveau du cœur et de l'esprit ?

Louis Le Nain, soulignons-le, a très souvent réservé une place au vin dans ses tableaux rustiques. C'est pourquoi nous pouvons affirmer qu'il s'inspirait directement des paysans-vignerons du Laonnois. Cette région, en effet, produisait à cette époque des vins suffisamment fins et solides pour être exportés, alors que les vins voisins, de Soissons notamment, étaient beaucoup plus communs et se vendaient surtout à Paris.

Aucun tableau ne m'a donné, autant que celui-là, le désir d'y pénétrer. Je voudrais entrer dans cette salle, saluer la *compagnie,* m'asseoir sur un tabouret, emprunter un verre, y verser un peu du vin contenu dans le pichet et déguster à mon tour, lentement, silencieusement. Un seul geste me distinguerait des deux autres buveurs : je tiendrais mon verre dans la main droite et non comme eux dans la main gauche. Peut-être qu'ensuite je découperais un morceau de pain dans la miche pour me nettoyer le palais. Mais je ne m'inviterais pas au *repas* que le conservateur du Louvre y voit et que le peintre n'a d'ailleurs pas disposé sur la table.

Pour moi, ce tableau admiré de tous, s'appelle depuis toujours et à jamais : *Les Goûteurs de vin*. Ce n'est certes pas Louis Le Nain qui me contredira...

L'inconstance du vin

L'inconstance du vin déroute parfois. Le vin change, se meut, ondoie, se modifie : il vit. N'est-ce pas cette liberté et cette versatilité qui le rendent merveilleux et mystérieux ? Il ne faut pas confondre l'inconstance, disposition naturelle, avec l'instabilité, défaut majeur.

Dans le passé d'un vin, rien n'est fixe sinon des racines profondes enfoncées dans un terroir. Tout le reste, tout ce qui a façonné son être, se révèle, malgré quelques constantes générales, extrêmement variable : le climat, la culture, la vinification, l'élevage, la mise en bouteilles.

Pour élaborer un vin de Bourgogne, on se guide sur une sorte de schéma : l'idée que l'on s'en forme. Mais tout ce qui surviendra ensuite, au cours de l'existence du vin, ne permettra que rarement d'atteindre ce projet. À chaque fois, il y aura un gauchissement par rapport à l'idée première et l'on n'obtiendra jamais qu'une variation autour d'un thème assez flou.

Ce vin, si on vous le présente sans en dévoiler l'appellation, sera surtout reconnaissable par son *régionalisme*. Oui, c'est un vin de la Bourgogne, mais l'identification de sa localité, de son terroir devient beaucoup plus hasardeuse. On devine mieux son millésime car l'année de sa récolte a gravé dans sa chair des cicatrices, des signes particuliers, des traits spécifiques, certaines vertus qui demeurent perceptibles surtout dans ses jeunes années. Ensuite, au fur et à mesure des modifications causées par le temps, ces caractères du millésime s'effacent souvent devant certains aspects communs aux vins vieux. Une coupure sur le bras d'un enfant laisse, pendant de nombreuses années, une trace visible qui ne disparaît qu'aux approches de la vieillesse.

Mais le plus ou moins de classe ou de race de ce vin ne nous donne-t-il pas de précieuses indications ? Hélas, là aussi, les erreurs sont fréquentes. On rencontre des roturiers qui possèdent naturellement l'élégance et la distinction des plus purs aristocrates. On rencontre aussi des nobles, en fin de race, dont l'apparence fait croire à une origine plébéienne.

Le vin n'est jamais, jamais le même. Il faut le savoir dès qu'on le fréquente. Non seulement le savoir, mais s'en louer comme d'un des éléments les plus originaux de cette boisson royale.

Le vin varie d'une vigne à l'autre, d'un vigneron à un autre. Une vigne grêlée ou mildiousée ne procure pas une aussi bonne matière première qu'une vigne épargnée et saine. Une vigne jeune n'a pas la sagesse d'une vigne plus âgée. La vigne d'un viticulteur paresseux, ou incompétent, ou cupide souffrira, dans ses raisins, des torts causés à sa médiocre culture.

Le vin varie d'une année à l'autre, et souvent d'une façon importante. On le sait généralement mais on l'accepte mal. On voudrait un vin immuable. Ce qu'on ignore souvent c'est que, moulé dans un même millésime, il varie encore d'un vinificateur à un autre, d'un caviste à un autre et d'une cave à l'autre. Même cloîtré dans sa cellule de verre, il continue de varier selon la constitution que lui a léguée son année de récolte, selon les soins reçus pendant son séminaire en fût, selon la date de sa mise en bouteilles, selon la cave et sa position en cave. Sur la table enfin, le vin varie encore avec la manière de le servir : chambré, frais, débouché à l'avance, décanté ; avec la forme des verres et leur état de propreté ; avec la durée du stage dans le verre, avec les plats, avec les amis autour de la table et l'ambiance du repas.

Non, rien de fixe dans le vin, sinon l'image qu'on en a : une certaine silhouette, un certain sillage, quelques sensations physiques, un évident plaisir. Rien de rigide, rien de codifié malgré les réglementations, rien d'étalonné sauf – et ceci devient alors un élément capital – la *fragile représentation gustative* que s'en font traditionnellement les plus sincères dégustateurs du cru, c'est-à-dire du lieu où croît la vigne dont ce vin est issu. Mais cette image gustative elle-même varie avec l'époque et les générations.

Le vin, c'est une matière en liberté dans un monde extrêmement libre, fabuleusement riche et souvent illusoire : *l'immense monde des sens.*

Vous lisez un roman, vous avez vingt ans, ou quarante ans, ou quatre-vingts ans : ce n'est pas le même roman que lisent ces trois lecteurs d'âges différents. Vous êtes riche ou pauvre, vous êtes en bonne santé ou malade, mais vous avez tous vingt ans : là encore, ce n'est pas le même roman que vous lisez les uns et les autres. Vous lisez ce roman au moment de votre adolescence, vous le relisez dans votre âge mûr et vous le relisez enfin à l'heure de votre retraite : le thème général vous paraît bien le même, votre mémoire vous le confirme, mais vous ne reconnaissez plus vos impressions de naguère ou de jadis. Dans tous ces divers cas, le roman n'a pas changé d'un chapitre, d'une page, d'une ligne ni même d'un seul mot, mais vous, vous n'êtes jamais le même et vous n'êtes jamais semblable aux autres. C'est vous, c'est l'autre, ce sont les hommes qui changent et ceci produit beaucoup de variables. Comme je l'écrivais dans mes *Nouvelles pensées d'un dégustateur : Les vins sont comme les hommes, on croit les connaître alors qu'ils évoluent sans cesse et qu'on les retrouve toujours différents.*

Le vin, lui, contrairement au texte d'un roman, se modifie sans cesse et les variables se multiplient. Qu'un roman soit relié ou broché, qu'il soit de poche ou de luxe, il est toujours le même, son texte ne varie pas d'un iota au cours du temps. En revanche, dans le vin tout varie : la forme, le fond, la robe, le bouquet, la saveur, le corps...

Une seule chose demeure : la *fidélité* à une race de cépage implantée sur un sol de telle constitution géologique, de tel type de climat, cultivée selon les normes localement et traditionnellement éprouvées afin de donner des fruits dont le jus est vinifié, puis élevé en respectant l'esprit d'expériences séculaires. Cette fidélité sert à former et à conserver dans la mémoire des gens du cru cette *fragile représentation gustative* dont nous avons parlé. Représentation aussi fragile que celle permettant, par exemple, à un Anglais qui attend à l'aéroport un Français inconnu, de le repérer sans trop de difficulté. Tout joue dans cette reconnaissance, le moindre signe, le moindre détail, le visage bien sûr, mais aussi la coupe des cheveux, le couvre-chef, l'attitude aussi et la démarche, mais encore le costume, la couleur de la cravate, les souliers... Certes, si cela réussit souvent, les confusions restent cependant fréquentes.

Le vin est libre, disions-nous. L'amateur doit donc, pour bien s'entendre avec lui, conserver aussi toute sa liberté. Qu'il se garde de prononcer des arrêts tranchants, des jugements irrévocables ; qu'il repousse le fanatisme ou le chauvinisme afin d'acquérir une sereine indulgence, une saine décontraction, une largeur d'esprit ou, mieux, une largeur de vue, d'odorat et de palais qui ne l'étonnera plus de voir le vin se modifier à son aise, tantôt vers le meilleur, tantôt vers le pire.

L'amateur n'est pas le Misanthrope qui ne démord plus de l'idée qu'il s'est faite de la femme et d'une femme. L'amateur, c'est Don Juan qui drague dans les caves, qui va de conquête en conquête et qui se réjouit, qui jouit devrait-on dire, de ce que ses conquêtes sont chaque fois différentes et cependant les mêmes.

II. – LA MAGIE DES LIEUX

Mes quatre villes

J'ai toujours été un homme de la campagne. J'aime les espaces libres, les larges horizons, les ciels du levant et du couchant où s'anime et s'éteint la lumière de nos jours. J'aime la nature dans sa simplicité et la fantaisie de ses humeurs saisonnières.

Plus qu'un instinct ou un choix, c'est une empreinte : celle d'une enfance heureuse au milieu des vignes, des prés, des bois et des animaux d'élevage. La Côte hachurée de ceps en lignes et le Morvan clôturé par les haies de ses prairies me sont entrés dans les yeux, le cœur et l'esprit en même temps que j'apprenais à regarder, à m'éprendre et à penser. Certains rejettent leurs racines et courent s'implanter ailleurs ; d'autres – et j'en suis – cultivent leurs racines et en tirent un bel arbre aux fruits succulents. La force des événements, il est vrai, m'a imposé une coupure brutale, un rude sevrage. Je fus contraint d'abandonner la Bourgogne pendant une dizaine d'années au cours desquelles je terminai mes études, appris à vivre en ville, fis mon service militaire, partis en guerre et subis la condition modeste d'un employé sous l'Occupation. Retrouver mon pays, après une telle initiation à mon rôle d'homme, s'y marier avec une amie d'enfance, prirent l'allure d'une délivrance, embellirent mes souvenirs et m'incitèrent à découvrir enfin un terroir où j'avais innocemment poussé.

J'ai toujours été un homme de la campagne et, cependant, quatre villes sont gravées dans mon âme et n'en sortiront plus : Autun la romaine, Lyon la brumeuse, Beaune la vineuse et Aix-en-Provence la lumineuse. Chacune de ces villes sut, à sa manière, m'accueillir, retenir mon attention et me procurer un certain lot de bonheur. Villes aussi vieilles que la France d'avant la France, villes comblées des heurs et des malheurs de l'histoire, villes encore ornées des œuvres et des chefs-d'œuvre de nos ancêtres.

Autun, l'une des premières cités en Gaule, quitte ses braies pour la toge. Noyée dans le chevelu des forêts, elle s'urbanise au début de notre ère et devient une petite sœur de Rome, son émule. Elle survivra un temps dans sa grandeur puis s'assoupira peu à peu pour devenir l'une de ces villes à la campagne dont rêvait Alphonse Allais. Elle sommeillait encore lorsque je la fréquentai dans les années trente. Aux grandes vacances, mes parents y faisaient leurs courses et nous en profitions pour lécher les vitrines, boire un jus de fruit, acheter des sucreries, des balles de tennis et des journaux sportifs. Heureuse diversion à notre isolement dans la cambrousse. Nous y arrivions aussi bien en voiture à cheval ou même à cheval qu'à bicyclette, en motorette ou en auto. La rue montait entre le théâtre romain et la promenade des Marbres, puis nous tombions sur Divitiac, ce druide éduen courtisé par César. Cette statue m'impressionnait : elle rendait soudain vivantes les pages de mon livre d'histoire. Pauvre Divitiac ! Rivé à son socle, il ne s'attendait pas à devenir un jour la victime d'une incursion des Germains qui le déboulonnèrent et le fondirent.

Plus loin, après être passé sous l'aqueduc de la porte d'Arroux, il y avait, au bas de la ville, les murs tristes du temple de Janus solitairement dressés dans une prairie semée de bouses de vaches. À l'opposé, sur la hauteur qui domine le clocher de la cathédrale, se détachait sur le bronze des sapins, la Pierre de Couhard, énorme *murger* en forme de poire dont l'énigme n'a jamais été percée. Ces monuments étranges et comme abandonnés m'emplissaient d'une curiosité révérencieuse. Mon imagination en était à tel point fertilisée que, le jour de la Saint-Ladre, c'était des Gaulois que je voyais grouiller sur les champs de foire, des Gaulois en blouse et en casquette, poussant devant eux, avec un long bâton de coudrier, leurs châtrons au poil crémeux. Les Romains ? Pour moi, ils n'existaient pas, pas plus que leur théâtre où l'on me conduisait et que je ne parvenais pas à découvrir.

Autun, ville pluvieuse et grise, solide et mystérieuse où Divitiac côtoyait le jeune Napoléon élève au collège des Jésuites, Autun me fascinait, plus par son passé que par son présent. La foire de la Saint-Ladre, cependant, touchait à ma naissance : elle se tenait le 1er septembre, veille de mon anniversaire. Le rassemblement de ses chevaux et de ses charolais, de ses manèges et de ses baraques, de ses paysans et de ses odeurs fortes, préludait fastueusement à une humble fête familiale.

Quant à l'Autun du rhéteur Eumène, du sculpteur Gislebertus, de l'Ève du musée Rolin et de Paul Cazin, l'auteur de *La Tapisserie des jours*, je ne l'ai découverte que bien plus tard. Aujourd'hui, cette rude cité paysanne se civilise à nouveau. Elle se met au goût du jour : rues piétonnes, édifices restaurés, parkings, plan d'eau... Mais le temple de Janus, certes mieux présenté, et la Pierre de Couhard n'ont pas pris une ride.

À Lyon, malgré son titre de capitale des Gaules, je n'ai rencontré aucun de mes gaulois d'Autun. En fait, je ne savais rien d'une grande ville, rien de Lyon. J'ignorais la vie en appartement, les rues encombrées et empestées, les tramways brinqueballants et bruyants, les lumières du soir. J'ignorais tout, le beaujolais et les gones, les traboules et les passerelles, la *Gerbe d'Or* et *Myrelingue la brumeuse,* Fourvière et la Tête d'Or, les canuts, les soyeux et Guignol. J'ignorais sainte Blandine et saint Pothin martyrisés sous Marc-Aurèle, ce philosophe empereur dont je devais plus tard découvrir les *Pensées* et admirer la statue équestre, place du Capitole à Rome, statue ayant des points communs avec celle de Louis XIV, place Bellecour, deux cavaliers sans selle ni étriers, la pointe des pieds basse. J'ignorais la floraison lettrée du XVIe siècle, les poètes et les poétesses, les imprimeurs et Rabelais dans son Hôtel-Dieu. J'ignorais tout de Lyon et du monde.

Mon premier matin lyonnais me vit, timide, attentif, prudent et curieux, traversant la place Bellecour en plein brouillard d'octobre. J'ai navigué seul, à l'estime, comme j'ai continué à le faire ensuite dans la vie, ne sachant guère où j'étais mené. Au lycée, je tins le rôle d'un figurant. Je bricolais mes devoirs et négligeais mes leçons. Seul, un professeur de francais parvint à éveiller mon attention. Je m'entourais de bouquins pour rédiger mes dissertations et avais recours à des traductions pour mes versions latines. Je ne savais pas travailler et mes parents ne m'aidaient pas. Mais ce besoin de livres autour de moi, de ces guides et de ces compagnons, ne devait plus cesser et pour une merveilleuse cause : le développement de ma culture. Élevé dans une famille où l'on était rien moins qu'intellectuel, une famille bien bourguignonne où les repas rituels étaient à heures fixes, je savais déjà goûter et humer. À Lyon, j'appris le reste, regarder, écouter, deviner, apprendre, réfléchir, vivre.

Comment me vint le goût des livres ? Je ne sais plus bien. Sans doute un attrait inné, mais qui se révéla sur le tard. Je dois tout aux livres, ils furent mes meilleurs maîtres. Pourquoi avais-je du respect pour eux et aucun pour mes professeurs ? J'ai couru les librairies avec autant d'ardeur que d'autres courent les filles. Je ne pouvais passer devant l'étalage d'une librairie sans y rester planté pendant de longues minutes. Je connaissais toutes les librairies – et elles étaient nombreuses – d'entre Saône et Rhône. J'en faisais le but d'un itinéraire secret, d'une chasse solitaire. Longtemps dépourvu d'argent de poche, j'hésitais à entrer dans ces antres de la tentation. Mais le livre acheté, après un choix cruel, m'en devenait d'autant plus précieux.

Je compensais mon manque de livres en fouinant chez les bouquinistes, manie qui ne m'a plus quitté même si les catalogues, aujourd'hui, remplacent souvent les boutiques. Je satisfaisais mon besoin de lectures en fréquentant les bibliothèques et, là encore, cette habitude n'a pas cessé. Grâce aux bouquinistes, j'ai pu former la base de ma *librairie,* base qui, au début, n'occupait que le coin d'une armoire. Mais le plus grand secours me vint des cabinets de lecture, nombreux à Lyon. Après divers essais, je m'inscrivis définitivement à deux d'entre eux : l'un au-delà du Rhône, rue Bugeaud, non loin de la place Morand où je trouvais tous les romans, même les plus récents ; l'autre, place Gailleton, face au pont de l'Université, où je disposais d'une salle de travail et d'un vaste fonds d'ouvrages dits sérieux : essais, critiques, philosophie, histoire, biographies, art, religion. J'ai largement puisé dans cette bibliothèque dirigée par des Dominicains larges d'esprit et ouverts à tous les courants de la pensée. Je lui dois les fondements de ma culture.

Aux livres, ajoutons les cinémas, le théâtre, les expositions, les journaux et les courts de tennis qui, à cette époque, étaient encore loin de pénétrer dans les campagnes. J'achetais parfois *Candide* ou *Gringoire*. mais chaque semaine les *Nouvelles littéraires*. Cet hebdomadaire, fort bien conçu et présenté, a beaucoup compté dans mon éducation. Il m'a initié à la vie et aux mœurs littéraires. Comment ai-je eu l'idée un jour d'acheter ce journal que j'ai ensuite fidèlement suivi jusqu'à sa disparition ? Je ne m'en souviens pas. Mais se souvient-on du moment où l'on a fait ses premiers pas ?

Lyon ne m'a pas seulement procuré des lectures, Lyon m'a ouvert le cœur et l'esprit à ce moment crucial où les adolescents ont besoin d'air et d'élan, besoin d'être secoués entre le rêve et les tentations, l'idéal et la réalité. J'ai voulu la poésie, mais la médiocrité des rimeurs rhodaniens auxquels je me suis joint un moment m'en a éloigné. J'ai voulu l'amitié et je l'ai trouvée, amitié rare et tournée vers les hauteurs, mais la mort me l'enleva ; j'ai voulu la concorde entre les êtres et j'ai été plongé dans la guerre ; j'ai voulu gagner ma vie dans une tâche exaltante et fus contraint d'accepter le premier emploi proposé... Les désillusions furent rudes, mais j'en sortis bronzé.

Lyon développa mes appétits et accrut en moi cette faim de tout ce qui s'offre à l'homme lorsqu'il découvre le monde. Mais j'éprouvai aussi à Lyon un autre genre de faim, cette faim de loup qui vous fait sortir du bois, la vraie faim sous l'Occupation, celle qui décharne le corps, ternit le regard et brouille l'esprit. Malgré cela, je dois à Lyon une reconnaissance infinie, celle d'un homme qui, se souvenant de sa jeunesse, la voit évoluer avec ferveur dans ce cadre, et n'en rougit pas.

Beaune ? Ah ! Beaune, c'est une autre histoire... J'entretiens avec cette petite ville des rapports incessants et privilégiés, incomparables à ceux que j'ai avec mes autres villes. Ces rapports ancestraux – mes grands-parents maternels ont vécu là, ma mère y est née et morte – sont plus naturels, plus familiers, plus familiaux. Cette cité côte-d'orienne m'a engendré, éduqué, orienté, sustenté. C'est ma ville-mère, celle que l'on quitte et vers laquelle on revient. J'ai fréquenté son collège, son internat catholique et, plus tard, j'y ai parcouru ma carrière d'homme dans une profession qui n'avait rien d'original, celle du négoce des vins. La vigne dominait la ville et le vin s'écoulait des coteaux voisins par toutes les rues, occupait toutes les caves, tous les *bastions* et, son élevage terminé, se répandait aux quatre coins du monde. Sur la Côte, on naissait alors avec le vin dans les veines et cet acquis héréditaire était à ce point inné qu'on ne lui prêtait aucune attention particulière. Le vin, le bon vin, ne nous apparaissait pas comme une chose rare. Nous vivions en sa compagnie, il se mêlait à nos jeux, à nos parents, à nos repas et je ne me posais pas plus de questions à son sujet qu'à la présence autour de moi de mes frères et de mes sœurs. J'ai mis longtemps, très longtemps pour qu'il prenne sa vraie place dans ma vie. Je me suis d'abord aperçu qu'il causait de grands soucis à mes parents ; j'ai remarqué ensuite qu'il intriguait mes nouveaux camarades lyonnais et les étonnait lorsqu'ils en buvaient chez nous ; j'ai découvert enfin sa haute valeur commerciale, sa richesse gastronomique, son étonnante complexité analytique et ses subtiles qualités esthétiques.

Pendant plus d'une trentaine d'années, j'ai effectué presque quotidiennement et toujours avec plaisir les trajets Meursault-Beaune-Meursault souvent accompagné de mes enfants que je conduisais en classe. J'ai observé les moindres nuances du paysage en ses différentes saisons et me suis intéressé aux travaux du vignoble qui se déroulaient sous mes yeux. Pendant ces fertiles années professionnelles, je fus un employé beaunois, puis un cadre, puis un chef d'entreprise mêlé non seulement à la vie locale ou régionale, mais, à travers l'élaboration d'un produit de luxe, aux destinées d'un métier et, à travers la fréquentation d'une clientèle d'amateurs étrangers, aux coutumes du monde entier.

J'eus le temps alors de m'initier à la beauté artistique de Beaune, d'apprécier son charme de vieille ville un peu endormie qui a su séduire les grands ducs de Bourgogne et conserver les monuments d'un brillant Moyen Age. Je ne parvenais pas, cependant, à me mettre vraiment dans la peau d'un touriste qui, découvrant ce décor pour la première fois, s'en forme une image en quelques heures, l'emporte en sa mémoire et la fige à jamais dans son souvenir. Quel enfant, aussi beau soit le visage de sa mère, en a-t-il jamais pris conscience ? J'étais cet enfant de Beaune qui demandait à sa mère bien d'autres choses que d'être belle. Et d'abord qu'elle l'accueille, le rassure et l'aide à vivre. L'une des plus grandes tristesses de l'enfant lorsqu'il est devenu un homme, c'est d'assister au vieillissement de sa mère. Or, j'ai assisté, en ce qui concerne Beaune, à un phénomène inverse, une sorte de miracle, le rajeunissement d'une ville et sa transformation complète au seuil d'un XXIe siècle qui s'annonce fabuleux. Vers 1950, Beaune avait encore des rues non encombrées de voitures ou de piétons, des rues calmes de province où l'herbe poussait entre les pavés. Vers 1950, on pouvait encore faire la traditionnelle *promenade des fossés* en famille, à l'ombre des platanes, sans avoir à se faufiler entre les capots des voitures garées, sans être assourdi par l'intense circulation sur les boulevards.

J'ai connu, autrefois, une délicieuse petite ville, calme et routinière, où les enfants déguisés en saint Jean-Baptiste et en sœur de l'Hôtel-Dieu jetaient des pétales de roses sur les pavés ; j'ai vécu, naguère, au milieu d'une ville, active et souriante, que l'expansion étonnante du négoce vinicole réveillait et réanimait ; je vis maintenant dans le voisinage d'une ville consciente de sa beauté artistique, de la rareté de ses vins, de son pouvoir de séduction et qui, adossée à sa Côte d'or, prend hardiment les allures d'une cité balnéaire où l'on vient se baigner dans la chaleureuse convivialité bourguignonne.

Il faut toujours rêver d'un château en Espagne. C'est le meilleur moyen de maintenir son imagination en alerte et de donner à son enthousiasme une perspective d'avenir.

Vers le milieu de notre vie de ménage, alors que les enfants grandissaient, nous avons rêvé de *quelque chose* en Provence. Nous avons d'abord loué à l'année une fermette dans la Drôme. De là, nous avons découvert et appris à aimer le Tricastin, le pays du Ventoux, le Lubéron, Avignon, Aix-en-Provence. Cette dernière ville devint notre point de mire. Nous l'avons alors souvent visitée, puis nous l'avons revisitée plus tard avec l'un de nos jeunes ménages installé à Marseille et enfin mieux connue lors de séjours à Meyreuil chez un beau-frère.

À dix-huit ans, je ne savais d'Aix-en-Provence qu'une chose : mes camarades lyonnais ayant échoué au baccalauréat couraient s'inscrire dans cette ville pour se représenter à l'épreuve. Il était en effet notoirement connu que les sujets choisis au soleil de là-bas donnaient moins de fil à retordre aux candidats et, surtout, que les examinateurs s'y montraient plus coulants.

Finalement, au soir de ma vie, je viens de m'y inscrire pour réussir, non pas un ultime examen, mais le rêve d'un exotisme à ma mesure. J'émigre vers un soleil plus fréquent par une simple glissade de quatre cent cinquante kilomètres dans le sens où coulent la Saône de ma Bourgogne et le Rhône de mon Lyon.

D'un appartement voisin des cimetières et du Val de la Torse, nous pouvons, en un quart d'heure de marche, cueillir une grume du raisin que nous offre le roi René, en haut du cours Mirabeau. Aix, avec ses pins, ses cyprès, son animation urbaine, prend des allures romaines qui me changent de nos campagnes vigneronnes où la grisaille règne une partie de l'année, où je suis privé d'un contact permanent avec la vie intellectuelle. Je me promène inlassablement dans les vieux quartiers, j'entre chez les libraires ou les bouquinistes au gré de ma fantaisie et je prends un bain de jeunesse dans le flux et le reflux du cours Mirabeau. J'ai tout à connaître de cette belle ville et de ses alentours. J'ai deux passionnants mystères à élucider, l'un de la nature, l'autre du génie humain, la Sainte-Victoire et Cézanne, deux mystères à tel point mêlés qu'ils n'en font plus qu'un, celui de la création.

Aix est l'endroit vers lequel, maintenant, se fixent mes désirs d'évasion comme ils se fixaient, dans ma jeunesse, sur le Morvan pauvre de mes grandes vacances. La Provence est ma haute mer, la Bourgogne mon port. Car il faudra bien un jour s'embarquer pour l'Eternité.

Lettre sur Pech Redon

Lettre à mes petits-enfants sur les derniers jours d'une vieille maison

La vie apparaissait rose, à chaque fenêtre,
sous les beaux traits d'enfants nichés dans la maison.

Lamartine (La Vigne et la maison).

Notre maison de Pech Redon[1] est vendue. Séchez vos larmes, et laissez lentement mûrir les souvenirs en vos cœurs.

C'est une vieille maison, une très vieille maison du Périgord. Une maison ? Non, mais plutôt cet ensemble de bâtiments nécessaires, autrefois, à une humble ferme : un toit pour la famille, un toit pour le cellier et le grenier, un toit pour la grange et son fenil, un toit enfin pour le pigeonnier. Au fil des ans et des propriétaires, elle avait été aménagée par des gens de goût, des amoureux de pierres anciennes, en une demeure pleine de charme. On lui avait conservé ses traits rustiques et régionaux, ses hautes toitures périgourdines à petites tuiles brunes,

---

(1) Pech Redon est un lieu-dit de Badefols-sur-Dordogne, entre Bergerac et Sarlat.

ses murs épais plantés sur le roc et son environnement de prés, de champs, de vignes, de bosquets, de chênaies, de vallons, de pechs qui nous permettait de jouir d'une large vue, agreste et reposante.

Cette maison, vos grands-parents l'avaient choisie pour qu'elle soit celle de vos vacances, de vos jeux, de vos rires, de vos cris et de vos rêves d'enfants. Vous y avez vécu entre cousins et cousines, troupe heureuse de courir, sauter et vivre en liberté, troupe joyeuse d'être réunie à la même table sous les ombrages des tilleuls. Vous avez grandi, trop vite à mon gré, vos parents vous emmènent ailleurs, vous allez faire des séjours à l'étranger ou partez avec des amis. Nous, les grands-parents, nous vieillissons, l'entretien d'une telle maison nous cause de la fatigue et des soucis. La maison de vos vacances d'enfants va donc être déménagée, dévastée et devenir, un temps, vide, creuse et sonore comme un de ces coquillages désertés que rejette la mer.

Mais pendant qu'elle est encore imprégnée de nos présences et hantée de vos fantômes, il m'est venu le désir de la regarder une dernière fois sous tous ses angles, de passer par toutes ses pièces et de la dépeindre à jamais dans ces lignes, comme j'ai dépeint pour toujours le Collonge de mon enfance entre les pages de *Vignes et jours*. Les maisons, les maisons de campagne surtout, entretiennent longtemps en nos mémoires l'image de ces jours heureux où le cœur tout neuf et l'âme toute blanche des enfants s'épanouissent dans ce paradis merveilleux dont ils sont les rois inconscients et ravis.

Conservez précieusement cette image en vous. Elle ne cessera de vous enrichir comme le terreau dont se nourrit une plante rare et fragile.

J'ai pris mon chapeau de paille au portemanteau du vestibule. Le soleil brûle déjà en ce mois de juin et mon crâne déplumé a besoin d'ombre. J'ai fait grincer les graviers de la cour, là où vos premiers pas de bébés trébuchaient. Je suis passé sous la cloche qui nous conviait aux repas, près de la chaîne que vous vous battiez pour tirer et que les plus petits n'atteignaient que hissés dans nos bras ou grimpés sur une chaise.

Prenant à droite, j'ai foulé la pelouse devant la terrasse du salon, là où nous posions des coussins, entre le pot de géraniums et l'auge aux impatiens pour nous asseoir en file et prendre notre café au soleil en riant de n'importe quoi ; là où vous nous donniez en fin de séjour une représentation théâtrale de votre cru ; là où certains soirs nous guettions les chauves-souris pour leur lancer un mouchoir noué qui les faisait soudain plonger sur nous. J'ai regardé le sapin que vous escaladiez, la piscine de caoutchouc et, au-dessus du jet d'eau, le clown dont le chapeau s'envolait en vous éclaboussant. D'ici, la vue sur le coteau d'en face est inoubliable, surtout avec l'éclairage de l'après-midi. La tour ocre, les *gariottes*[1] grises, le chemin de terre qui monte vers le bois, le champ de blé, les trois peupliers, les vaches blanches et noires dans le pré, toutes ces choses simples nous ravissaient.

Après avoir descendu les trois marches creusées dans le *talus des seins* (ainsi nommé parce que vos mères et vos tantes y prenaient leur bain de soleil) et contourné le grand if planté pour cacher un disgracieux poteau électrique, j'ai vu, sous les quatre catalpas aux fines fleurs odorantes, ce que j'appelais *le rond du bonheur,* ces chaises et ces fauteuils de jardin où nous nous réfugiions pour lire, sommeiller, tricoter, jouer, bavarder, paresser. J'ai longé les framboisiers où, les merles et vous, alliez

---

(1) Les gariottes sont, en Périgord, de petites cabanes en pierres sèches construites, autrefois, dans les vignes en guise d'abris. En Côte-d'Or, on les appelle des cabottes et, en Mâconnais, des cadoles.

chiper les derniers fruits. Du linge séchait entre les pierres chaudes du petit recoin ensoleillé. Le pigeonnier, solidement ancré dans la pelouse et si joliment chapeauté de son cône de tuiles colorées, avait sa couronne de roses à son pied, ses bignonias lancés à l'assaut de la *randière*[1] et son persil prolifique. J'ai salué la chouette en faïence tapie dans sa lucarne, comme je la saluais avec vous lorsque, à votre arrivée, je vous tenais par la main pour vous la faire redécouvrir. Je vous disais :

« Regardez, regardez, qu'est-ce qui est là ?

– La chouette » me répondiez-vous vivement.

C'était le début de vos vacances à Pech Redon, le début de cette liberté au milieu de parents qui se réjouissaient de vos joies et de vos jeux.

J'ai traversé le champ en direction de la couronne d'arbres, et je me suis retourné pour admirer la vieille maison sous son plus bel aspect. Les murs disparaissent sous la vigne vierge et l'on ne voit qu'un toit superbe dans sa simplicité, émouvant dans sa vétusté. Ce beau toit se gondole et abandonne ses tuiles, il est ridé et perd ses dents. À travers la vigne vierge – si vivace qu'il faut la tailler trois fois l'an – s'ouvrent la lucarne de la cuisine, les portes-fenêtres de la salle à manger et de la chambre de Jany et Roger, puis, en retrait à droite, derrière l'immense figuier, la fenêtre à ras de terre de la petite chambre en appentis.

Devant cette façade s'étend la terrasse pavée où la longue table du soir, entre deux plates-bandes fleuries de roses, de soucis et de gaillardes, nous accueillait pour de lents dîners enrichis des fastes du soleil couchant, du concert des grillons, du ronron de l'avion crépusculaire et du roucoulement des

(1) On appelle randière, en Périgord, la moulure concave qui ceinture le pigeonnier afin que certains animaux (putois, rats, fouines...) ne puissent accéder aux nids.

ramiers. Nous débarrassions la table lorsque le serein nous faisait frissonner. Les chauves-souris, sorties des houteaux du grenier, commençaient leurs vols zigzaguants et les premières étoiles clignotaient dans le ciel pâlissant.

Je passe le long de la murette de pierre grise où nous nous asseyions en ligne pour assister aux ébats des joueurs de foot, de volants ou de ping-pong. Avant de pénétrer sous l'arc de l'acacia, je me retourne pour jeter un regard circulaire : les grappes rouges des sauges animent le vert du pré, le second if se détache sur la colline de Pech d'Ange, le vieux chêne aux ramures gigantesques allonge peu à peu son ombre tutélaire, la trouée dans la chênaie encadre le coteau de Sauvebœuf et, là-bas, tout au bout du champ, s'étale la frondaison du bois vers lequel nous nous dirigions souvent pour aller contempler, du sommet de notre pech (70 mètres !), le village de Badefols et le sillage luisant de la Dordogne jusqu'au-delà du pont de Lalinde. Je me croyais, à cet endroit, le personnage d'un tableau de Van Eyck regardant, à travers une fenêtre à meneaux, le paysage en perspective.

Après des rangements, des triages entre ce qu'il faut emporter ou jeter de tous ces meubles, objets ou ustensiles accumulés en quinze années, je reprends cette lettre.

J'écris dans ma chambre, sur la table ovale où nous prenions notre petit déjeuner et où vos parents venaient parfois nous retrouver pour parler livres et littérature. Quel calme ! Quelle paix ! Le mobilier Louis-Philippe, la tapisserie de Picart Le Doux avec son jet d'eau dans un jardin à la française, la commode-bureau avec ses nombreux tiroirs, le Christ en bois sculpté acheté à Monpazier, la peinture aux nénuphars attribuée à l'un des Naigeon, tout cela un peu hétéroclite et venant de divers horizons (la tante Juliette, le château de Pierreclos...) formait cependant un cadre où je me suis beaucoup plu. Il faut monter une marche pour entrer dans notre cabinet de toilette et quatre marches pour atteindre la baignoire. Cette maison est semée de marches : dès que l'on change de pièce, il faut en franchir une ou deux. Cette adaptation des planchers à la configuration du terrain participe au charme, un peu fantaisiste, de cette demeure rustique.

Me voici maintenant dans le fameux salon rouge, cœur de toute notre vie familiale et communautaire. Il y a des meubles venant des deux familles, celle de vos pères, celle de vos mères, la bibliothèque des uns et la bibliothèque des autres, des placards à jouets pour l'ensemble des enfants. Ah ! ces placards, nous en étions presque jaloux Claude et moi ! Quand nous arrivions à Pech Redon pour les vacances d'été avec deux ou trois de nos petits-enfants que les mères nous confiaient volontiers, nous nous empressions de regarder partout, heureux de retrouver cette vieille maison trop longtemps abandonnée. Mais, vous les enfants, sans rien voir, sans rien renifler, sans aucune hésitation, vous vous précipitiez sur les placards à jouets et vous entriez d'un seul coup dans la grande liberté des vacances. Ce salon rouge, si gai, si plaisant, dispose d'une cheminée monumentale dont nous alimentions les feux magnifiques avec de longues et lourdes bûches. Quelle joie, en octobre, d'allumer le feu vers le milieu de l'après-midi et de le laisser vivre jusqu'à la fin de la veillée ! La grande plaque, timbrée d'une salamandre, redoublait la puissance du feu et diffusait sa chaleur jusqu'au petit matin.

On monte dans les chambres mansardées par l'escalier de bois sous lequel dorment les jouets. Là-haut, c'est le dortoir ou presque. Peu de confort, mais des lits dans tous les coins. Il faut se familiariser avec les araignées, les souris, les fourmis ailées et les papiers collants qui, destinés à soutenir les plaques isolantes au plafond, pendent lamentablement. L'été, après la prière en rond sur le tapis de laine blanche, il y faisait chaud le soir et, vous les enfants, vous n'arriviez pas à vous endormir. Il est vrai que vous étiez excités d'être ensemble et que vous nous entendiez bavarder ou rire dans le salon.

Voici le couloir, ses carreaux rouges, ses gravures anglaises, son armoire bien cirée, son portemanteau et son énorme saloir en grès où nous mettions cannes et parapluies. De là, on va soit dans la salle de bain-lingerie, soit dans la chambre de Jany et Roger. En fait, en montant trois marches, on change de maison car ce couloir relie ce qui était jadis séparé : la maison d'habitation et le bâtiment servant de cave et de grenier. La chambre, avec son plafond clair en voûte, ses deux portes-fenêtres sur la cour et sur le champ, était le lieu tranquille où l'on allait, l'après-midi, prendre le thé ou des boissons fraîches en parlant de tout et de rien. On y voyait papa Roger écoutant les nouvelles ou de la musique sur son antique poste de radio, on y voyait maman Jany tricotant ou écrivant à son bureau orné d'un hautain lampadaire. Un gros bouquet de fleurs séchées, à base de monnaies-du-pape, garnissait l'âtre vide d'une fausse cheminée.

Deux marches à nouveau, et me voici dans la pièce la plus originale de la maison, la salle à manger. En fait, l'ancienne cave des paysans de jadis. Une voûte romane et des murs en pierres apparentes sur lesquels se détachent les meubles en bois sombre. La haute cheminée où le feu dansait, en saison froide, pendant nos repas. Et ces deux portraits qui se faisaient face et nous permettaient de vérifier vos mémoires :

« Comment s'appelle-t-il celui-ci ?

– Philippe le Bon !

– Et celui-là, avec son air sévère ?

– Nicolas Rolin !

– Bravo ! Vous ne les oublierez plus : l'un fut au Moyen Age un grand duc de Bourgogne et l'autre son fidèle chancelier, bâtisseur de l'Hôtel-Dieu de Beaune. »

La longue table et ses chaises paillées nous accueillaient dans cette grotte où, pendant les déjeuners des journées les plus brûlantes, nous jouissions d'une fraîcheur réconfortante. De ma place, toujours la même, je voyais par un carreau de la porte-fenêtre le hameau de Sauvebœuf qui, le soir, s'étoilait de lumières. Cette salle à manger avec ses pierres brutes, l'épaisseur de ses murs, la solidité de sa voûte, nous rassurait sur la longévité de cette vieille demeure.

Par un escalier étroit, dissimulé derrière une porte, on accédait au grenier qui, aéré par ses houteaux, servait jadis de séchoir à tabac. La charpente, qui supportait les belles tuiles patinées, devait être l'œuvre d'artisans locaux. Sans doute avait-elle été construite par les fermiers eux-mêmes avec des arbres coupés aux alentours. Rien n'est symétrique, tout est de guingois. Les poutres sont grossièrement équarries et des étais les soutiennent aux endroits névralgiques. Cette charpente rustique datait certainement de plus d'un siècle. Parfois, en l'observant, je craignais qu'un jour une pièce cède et que tout s'effondre. Je redescendais en hâte l'escalier et tentais de n'y plus penser.

Une autre marche, et j'entre dans la cuisine, pièce en appentis contre un pignon. Vos pères, un été, en avaient refait le toit avec des tuiles romanes. Un placard à vaisselle, un fourneau à gaz, un évier, deux frigidaires, une table, mais pas de machine à laver la vaisselle. Ce travail s'accomplissait en commun : vos mères faisant la plonge à tour de rôle (montées sur un tabouret) et les hommes essuyant et rangeant. Tout cela dans la bonne humeur et, souvent, dans la franche rigolade.

Détachés de cet ensemble, mais à quelques pas seulement, il y a le pigeonnier et l'annexe. Le pigeonnier est si proche, si collé aux deux maisons qu'il leur donne, vu d'un peu loin, l'allure d'un manoir. Ce pigeonnier, cerclé d'une *randière,* est une grosse tour ronde au toit pointu. Il nous sert de cave, d'abri pour les fauteuils de jardin et, parfois, de chambre à coucher. C'est, avec la salle à manger, la pièce la plus fraîche. Près de la tour, il y a, accotée à un pignon, cette petite chambre indépendante où vous aimiez jouer car personne ne venait vous déranger. De sa fenêtre basse, on a une vision à ras de terre sur la pelouse et le champ.

L'annexe, ancien fenil diminué de hauteur, contient deux chambres, un garage, un atelier et des greniers. Vous sauriez l'évoquer bien mieux que moi car vous y couchiez. J'allais le soir, après la prière, vous embrasser et vous chatouiller dans vos lits. Je venais aussi le matin ouvrir vos volets pour vous réveiller et vous annoncer la couleur du temps. Mais ne faisait-il pas toujours beau ? Le garage et l'atelier – dit « de Roger » – étaient remplis de choses dont vous étiez curieux : outils de jardinage, échelles, tondeuses, cannes à pêche, rangées de bocaux pleins de clous ou de vis, pièges à souris, cannes, filets à papillons, cerf-volant, jeu de croquet, cheval de bois à bascule... Mais l'objet de vos convoitises, c'était le tracteur et sa remorque. Vous frémissiez de peur et vous sautiez lorsque le moteur pétaradait au démarrage. Dès qu'il se calmait et tournait au ralenti, vous vous précipitiez à l'assaut de la remorque. Et nous voilà partis, cahin-caha, dans l'immensité du champ. J'avais l'impression de trimbaler une brassée de cris et des tonnes de rires !

Je viens de m'asseoir dans la cour, sur le petit muret où vous avez, de longues heures, joué à la marchande pendant que vos mamans cousaient, tricotaient, lisaient ou papotaient autour de la longue table à tréteaux. Cette cour aux graviers propres, ombragée par trois tilleuls et un acacia, qu'elle était donc agréable ! Nous nous y sentions si bien que nous l'occupions une grande partie de la journée. Je m'y sens encore bien aujourd'hui dans le parfum des troènes en fleur bourdonnants d'abeilles, mais il me manque vos présences, vos joies, vos rires, votre innocent bonheur. Est-ce parce que nous allons la quitter que la maison me paraît si belle ? Soudain, j'ai le cœur gros, l'esprit vide, l'âme vague... J'ai l'impression de terminer la dernière page d'un merveilleux roman. Je ralentis, ralentis ma lecture pour ne pas encore fermer ce beau livre, hélas...

Bonne chance à notre vieille maison ! Qu'elle soit réparée, rénovée, restaurée par ses nouveaux propriétaires et qu'elle vive encore longtemps ! Adieu Pech Redon de nos bienheureux étés ! Daigne maintenant enrichir nos souvenirs, exalter notre imagination et ajouter parfois à nos conversations ou aux lignes de nos narrations ces gouttes de nostalgie qui donnent tant d'attraits à la vie revécue en pensée, à l'éternelle littérature ! Adieu Badefols et sa petite église Saint-Vincent où, le deuxième dimanche du mois, nous assistions à la messe dans l'intimité recueillie d'un groupe amical de fidèles. Adieu le Périgord, sa Dordogne aux larges flancs, ses châteaux féeriques, ses bastides ombreuses, sa rusticité paisible, ses couleurs et ses odeurs de vieille province française.

Adieu, et merci de vos enchantements !

La traverse Saint-Pierre

Les morts cachés sont bien dans cette terre
Qui les réchauffe et sèche leur mystère.

Paul VALÉRY (Le Cimetière marin).

Lorsque nous séjournons à Aix-en-Provence dans notre appartement de Verte Futaie, nous allons souvent en ville à pied. En dix minutes, après avoir emprunté la traverse Saint-Pierre et franchi le boulevard du Roi-René, nous atteignons la rue d'Italie, rue marchande où nous pouvons faire nos courses à l'ombre du clocher de Saint-Jean-de-Malte.

S'installer dans une ville, après de longues années vécues à la campagne, exige un changement d'habitudes. Délaisser les douces collines vineuses de la Côte bourguignonne et les rues calmes du village pour les falaises abruptes des immeubles et le flot bruyant des voitures, quitter Meursault et ses demeures bourgeoises pour Aix et ses hôtels du XVIIIe siècle, ne se fait pas sans une initiation et une adaptation à la cité.

Et quelle cité ! Bourrée d'histoire et de monuments, inondée de musique, bariolée de peintures, rafraîchie de fontaines et d'ombrages, hantée de grands personnages, gorgée d'une jeunesse étudiante qui anime les trottoirs et les cafés du cours

Mirabeau, bigarrée d'une foule qui flâne dans le réseau serré de ses vieilles rues piétonnes où se dissimulent les alcôves des bouquinistes, Aix-en-Provence, chaude et ventée, élégante et cultivée, allie son architecture cossue d'avant la Révolution aux décors italiens de ses jardins empanachés de pins et de cyprès. Un Bourguignon, voyant les édifices, y retrouve la carrure des hôtels parlementaires de Dijon et, regardant le site, lui attribue volontiers la devise d'Autun : *Soror et aemula Romae (sœur et émule de Rome)*. Certes, il y a dans Aix un aspect dijonnais et un profil romain, mais il manque à l'un la lumière et à l'autre les ruines pour justifier ces comparaisons.

La traverse Saint-Pierre, malgré sa banalité de voie secondaire, me ravit en toutes saisons. Elle épouse une butte de terrain au sommet de laquelle se dresse un moulin à vent restauré mais dépouillé de ses ailes. Montant d'abord entre de hauts murs, ceux de l'ancien et du nouveau cimetière, elle passe devant le portail de l'ancien, le plus vaste, qui s'allonge dans une perspective de tombeaux, de cyprès, de pins et de cèdres jusqu'au trait final que pose sur le ciel bleu la flèche du couvent Saint-Thomas. Elle côtoie le moulin, lui-même dominé par la villa d'Este, belle résidence où la vue sur Aix et sa campagne doit être merveilleuse. Le lieu est propice aux magasins de marbriers dont les devantures restent tristes même si elles s'égayent de fleurs artificielles qui se fanent comme les autres mais ne pourrissent pas. On y voit aussi des croix, des couronnes, des angelots, des pigeons, des boules colorées et des livres de marbre où les vivants expriment leur douleur en lettres d'or.

Est-ce l'effort de la montée ou le manque d'ombre ? Il fait chaud ici. Le purgatoire n'est sans doute pas loin puisqu'il faut souvent hélas le parcourir avant d'aborder la traverse au bout de laquelle saint Pierre nous attend avec en main la clé du paradis, tel le saint Pierre curieusement sculpté dans un pilier d'angle du charmant cloître roman de la cathédrale Saint-Sauveur.

En abordant la descente qui rejoint le cours Gambetta, on longe la villa des Nids dont les arbres de Judée fleurissent en avril et jonchent la chaussée d'une neige mauve. Etrange et mystérieuse villa ! À travers la vieille grille, on distingue une maison provençale aux volets clos. Deux lions de pierre étendus sur des socles veillent nonchalamment sur cette demeure abandonnée et qu'on voudrait voir revivre. Le lierre étrangle tout : les arbres, les murs et cette élégante gloriette en bois d'où l'on pouvait, autrefois, prendre le frais du soir en regardant la campagne. Plus bas, entre les blocs d'immeubles qui se pressent aux abords du centre, une maisonnette plate et laide au nom de fleur semble concrétiser le modeste rêve d'un couple de retraités d'il y a cinquante ans.

Parfois, pour varier le trajet, nous coupons par les Floralies, résidence calme, ombragée d'arbres et embaumée d'une banquette de lavandes. Nous débouchons alors sur l'Espace Forbin, jadis caserne, dont l'architecture moderne un peu clinquante n'agresse pas trop. Quatre petits jets d'eau animent la cour intérieure et s'amusent à nous asperger lorsque souffle le mistral. La porte monumentale de l'ancienne caserne s'ouvre toujours sur le cours Gambetta avec, gravée sur son fronton de pierre, cette devise héroïque et claironnante : *LA LIBERTÉ OU LA MORT*. On parvient ensuite à l'étroite place John-Rewald, cet Américain, fervent admirateur de Cézanne, auquel Aix-en-Provence doit de lui avoir conservé l'émouvant atelier des Lauves. La rue d'Italie n'est plus qu'à quelques pas.

Au retour, par la même traverse, si nous portons nos regards à l'horizon, nous voyons la Sainte-Victoire monter en même temps que nous. Son échine osseuse apparaît peu à peu derrière les pinèdes en coteau qui bordent la route du Tholonet.

Selon l'aspect que présente cette échine, blanche, grise, se détachant sur un ciel clair, couronnée de nuages ou entourée de brume, on peut prévoir le temps qu'il va faire. Nous saluons la Sainte-Victoire avec respect avant qu'à la descente elle disparaisse en s'enfonçant dans le paysage.

À chacun de nos passages devant sa belle entrée aux solides piliers, je jette un coup d'œil au cimetière qui m'intrigue. Implanté sur cette hauteur, il a fière allure, même s'il penche comme le pont d'un navire échoué. Quels sont les hommes célèbres enterrés là ? Cézanne sans doute puisqu'il est mort à Aix dans cette rue Boulegon dont le nom évoque si bien pour moi l'humeur bougonne du peintre. J'ai feuilleté quelques guides et ouvrages sur Aix, mais n'ai rien trouvé de précis. Pour aucun d'ailleurs ce cimetière ne semble exister. On se tait. Parle-t-on des morts dans un pays si chaud, si ensoleillé, si vivant ? À force de chercher, je trouve enfin un repère dans l'excellent ouvrage de Jean Arrouyé, *« La Provence de Cézanne ». Sa dernière demeure au cimetière d'Aix-en-Provence,* dit Arrouyé, *est une tombe très modeste qui a le privilège d'être située au haut du cimetière en pente légère.* Avec ce renseignement, je peux me lancer à la découverte de cette tombe. Le cimetière dessine un immense rectangle dont l'un des angles occupe le sommet de la butte et jouxte la traverse Saint-Pierre. J'y vais une fin d'après-midi. Il n'y a personne, mais la multitude des monuments funéraires, dalles, stèles, colonnes, calvaires et caveaux, donne le vertige. Il faut, pour éviter la lassitude, raffermir son attention, parcourir chacune des allées situées *au haut du cimetière* et passer les tombes en revue, une à une, en déchiffrant leurs inscriptions. Je ne suis pas un fanatique de la mort et ce n'est guère mon habitude de flâner dans de tels lieux. Je n'ai pas coutume d'avoir, comme Montaigne, *continuellement la mort en bouche,* mais il ne me déplaît pas de fouiller cet endroit-là qui, pour une fois, ne présente rien de sinistre. Des vers de Nerval me reviennent en mémoire :

Son tombeau ! Quel est-il ? Sous une étroite pierre
En vain l'on cherche un nom répété tant de fois.

Cézanne, où es-tu ? Naguère à Aix, arpentant le cours Mirabeau, allant à la messe à Saint-Sauveur, faisant tomber une pièce dans la sébile du pauvre Germain Nouveau, changeant de maison ou d'atelier, courant la campagne aixoise à la poursuite du motif ; aujourd'hui, tu es partout, dans tous les plus grands musées du monde. Et moi je te cherche là où tu vins pour la dernière fois, là où sont tes os, quelques poils de ta barbe drue et ton solide crâne transformé en cet objet de nature morte dont un exemplaire est exposé dans ton atelier des Lauves. Paul Cézanne ? Mais oui, c'est toi, voici ta tombe enfin, celle qu'Arrouyé qualifiait de *modeste et banale*. Banale certes, mais modeste non. Ta pierre tombale est aussi large et longue que les dalles voisines. Rien, il est vrai, ne la distingue des autres, ni statue, ni buste, ni même un médaillon comme celui qui préside à la fraîcheur d'une humble fontaine sur la place des Chapeliers de ta bonne ville. Une seule chose personnalise ta tombe : une plaque de pierre gravée à ton nom et posée au pied de la dalle. La ville d'Aix n'a-t-elle pas trouvé mieux pour honorer le plus célèbre de ses enfants ? Certes, Cézanne n'a jamais été tendre pour ses compatriotes. Mais la mort efface tout. *La gloire immobile des cimetières,* comme dit Jules Roy, n'effraye plus personne et le temps ronge les plus dures rancunes.

J'examine longuement cette tombe ombragée de superbes cèdres. J'en imprime l'image dans ma mémoire. J'en repère à jamais l'emplacement. Elle est la quatorzième tombe à droite en descendant l'allée depuis son point le plus haut. Lorsque je me redresse pour me recueillir face à elle avant de quitter le cimetière, mes regards s'élèvent un instant au-dessus des caveaux et s'arrêtent soudain, extasiés, sur le plus beau, le plus grand, le plus solide et le plus inaltérable des monuments que l'on puisse consacrer à la mémoire de Cézanne : la Sainte-Victoire ! Elle dresse là, derrière ta tombe, Cézanne, sa croix altière, son roc prodigieux, sa pyramide monolithique, en hommage aux combats acharnés que tu as, comme Jacob avec l'Ange, livrés contre elle, cherchant, dans la rage de tes pinceaux et au-delà de l'union des couleurs et des formes, à violer le secret de la nature.

Devant cette vision admirable et inespérée, il me vient à l'idée de faire graver sur la dalle de ton tombeau ces quelques mots inspirés de saint Paul :

> – *Ô mort, où est ta victoire,*
> *ta Sainte Victoire ?*
> – *Elle se tient, ô Cézanne,*
> *toute droite à ton côté !*

(Depuis l'année 1989 où ces pages ont été écrites, la traverse a été réaménagée, la villa des Nids restaurée en partie, une auge de pierre fleurie installée devant la tombe de Cézanne, mais au cimetière la Résurrection n'a pas encore eu lieu...)

L'inspiration cavalière

« Le rêveur et la rêverie entrent corps et âme dans la substance du bonheur. »

Gaston BACHELARD (La Poétique de la rêverie).

(Ce chapitre, écrit il y a près d'un demi-siècle, provient d'un ouvrage de jeunesse resté inédit. Il reflète l'époque des premières années d'après la Seconde Guerre mondiale. Ce témoin de mes débuts en écriture révèle mon penchant à la rêverie poétique.)

L'automne, hier, dormait sur l'escalier de la cave. J'ai foulé son corps humide et roux de feuilles mortes en allant préparer les sarments et les bûches de mon feu quotidien. L'air était tiède, étrangement tiède et mouillé. Les arbres d'alentour hissaient leurs têtes d'or au-dessus du brouillard qui cernait le village. L'hiver donnait un assaut ? Assaut repoussé une fois encore puisque, ce matin, j'ouvris toutes grandes mes fenêtres pour accueillir l'armée de saint Martin, valeureuse arrière-garde de l'été, qui reprenait ses positions, soleil en bandoulière, bottée de cuirs fauves et porteuse de rouges oriflammes flottant au vent du sud. L'automne avait quitté l'ombre de son escalier et se mêlait à la joie du cortège. Quelque part, image d'Épinal aux couleurs désaxées, piaffait le coursier de saint Martin. Brave général saint Martin ! Avec quelle gratitude nous recevons chaque année un pan de votre ample manteau de cavalerie ! Il est tout chaud de votre charité et nous protège un moment du souffle glacial de l'hiver.

Mon amitié avec l'automne est de fraîche date. Il n'y a pas si longtemps qu'il m'obligeait à retourner sur les bancs du collège. Les rancunes d'écolier sont tenaces. Je me retenais de lui accorder mes regards. Ses parures royales me semblaient camoufler les reptations du froid. Je le croyais complice de l'hiver et séduisant pour mieux nous jeter entre ses griffes. Je fais amende honorable, aujourd'hui. Ni première, ni dernière fois que je corrigerai mes opinions.

La fête de la Toussaint, suivie cette année d'un dimanche, nous accordait une bienheureuse trêve de Dieu. Pendant deux jours nous serions hors la loi et seuls maîtres à bord. Deux jours à s'échapper d'un métier aux obligations parfois fastidieuses. Quelle aubaine ! J'ai toujours abordé les vacances, si infimes fussent-elles, avec le cœur tendre et ravi d'un écolier. Je ne me satisfais pas plus de mon travail d'homme que de mes devoirs de lycée. Ne m'arrive-t-il pas de ne plus me reconnaître lorsque je me surprends à parler affaires ? Il y a en moi un éternel adolescent qui souhaite faire ce qui lui plaît comme il lui plaît.

Toutefois, cette veille de la Toussaint, pour assaillir l'autobus plus chargé d'âmes qu'il n'en pouvait tenir, j'ai fort bien su jouer le rôle du mari de ma femme et du père de ma fille. Puisqu'on avait accepté la dame avec l'enfant, on n'abandonnerait pas l'homme sur le trottoir. Nous étions serrés, écrasés, bousculés, empestés, mais si heureux d'être montés.

Mon père et sa voiture nous guettaient sur le bord de la route. Là où un chemin vicinal s'enfonce, entre les prés, jusqu'à de minuscules écarts où se nichent les paysans. Ah ! la voiture, quelle récompense après le voyage en commun ! On s'y assied avec la même satisfaction que dans une loge après une heure de queue aux guichets d'un théâtre. Nos phares brûlaient les haies. Je conduisais par plaisir et avec la même application que je tenais autrefois, en guise de volant, la roue de chariot fixée sur mon guidon de vélo. Nous allions passer deux jours de liberté à Belprée où mes parents vivaient seuls depuis la dispersion de leurs enfants.

Une salle à manger bien chaude, une table aux mets robustes et fins, un lit tendre, un sommeil que n'importune ni les battements ni la sonnerie d'un réveil. Que désirer de mieux ? Aussi me réveillai-je avec la gaieté d'un pinson. Couvertures, édredon, traversin voltigèrent au milieu de la chambre en un de ces combats épiques dont nous sommes coutumiers, ma jeune épouse et moi, les matins de grand liesse. J'ouvris les volets. Il faisait froid, une pluie maigre tombait en piétinant les feuilles, sèches et tavelées comme des mains de vieillards. Le gris du ciel coupait l'horizon avec la cruauté d'une lame d'acier. Mon père, en gros sabots de bois blanc, traversait la cour dont le sable spongieux se noircissait de traces. *« Aaaa...ch'val ! »*, cria-t-il en apercevant ma tête ébouriffée. Je m'habillai en hâte et descendis savourer les tartines de beurre qui m'attendaient à la cuisine. J'enfilai mes bottes, bouclai mes éperons, pris gants et cravache et me rendis aux écuries.

« Pacha », sellé et bridé, essayait de mordiller la main qui accrochait la gourmette. Je l'avais visité hier dans son box. Au bruit de mes pas, il avait tourné la tête et son œil noir m'avait regardé un moment en clignant à la lumière. Je l'avais flatté doucement, avec des paroles rassurantes. C'était la première fois que nous avions un cheval barbe. Mon père l'avait fait venir du sud de la Tunisie où la sécheresse obligeait les propriétaires

à remonter les troupeaux et à les vendre à bas prix. *« Pacha »*, que nous pensions acclimater et dresser au cours des vacances d'été, n'avait débarqué que depuis quelques jours à Marseille, au milieu d'une cinquantaine de ses semblables et de quelques chameaux et girafes destinés au zoo de Strasbourg. L'arabe qui l'accompagnait avait tenu à l'enfourcher à poil *(« Tiens ! ti va voir comment y va, ton cheval ! »)* et à le faire galoper sur le quai devant mon frère aîné venu pour le réembarquer en direction de Belprée.

Il pleuvinait toujours, mais je ne m'en souciai pas et montai à cheval. *« Pacha »* se présentait bien : crinière flottante, longue queue grise effleurant la terre, membres fins et robe aussi légèrement teintée que la fleur d'un pêcher. Restait à connaître son stade de dressage et ses aptitudes. À cinq ans un cheval doit tout savoir. Je m'aperçus, à son pas résigné, à ses maladresses, à son ignorance des aides et à ses brusques peurs, qu'il était à peine débourré. Mais un cheval jeune et bourru ne m'inquiétait pas, j'en avais monté bien d'autres, et les plus charognards, dans les manèges du 9e Cuirassiers à Lyon.

L'itinéraire préféré de mes chevauchées, surtout lorsque je reprends contact avec Belprée et les vacances, varie peu. Il s'éloigne des lieux habités et des voies fréquentées. La grille de la maison franchie, je contourne un *pâquier* toujours encombré de paille ou de bois et, laissant le village à ma droite, je m'enfonce dans la *Bataille,* chemin paisible creusé dans les haies vives des prés mais qui, raconte la légende, vit autrefois un dur combat entre les indigènes et je ne sais plus quels envahisseurs barbares. Nous nous y battions entre amis à coups de bouillons-blancs dont les hautes et fortes tiges formaient des épées souples qui nous cinglaient comme des cordes. Je laisse à ma gauche la *charrière* Madeleine et je passe au pied de ces trois trembles, aux feuilles agitées comme des mains battantes, devant lesquels je ne manque jamais de nous redresser, ma monture et moi, comme sous les ovations d'une foule en délire. Je suis un prince, un roi devant son peuple, je suis un généralissime après sa victoire ! Nous fûmes bientôt face à la corne droite du bois de Sauturne, là où s'ouvre un sentier. Quel spectacle que tous ces arbres dont l'or est avivé par la pluie ! Nous entrâmes dans le sous-bois comme dans une cathédrale illuminée pour une messe de Noël. *« Pacha »* posait ses sabots sur une couche de feuilles humides : c'était silencieux, souple et doux comme un tapis de haute laine. Je sentais ses pas, mais ne les entendais plus. Lorsque nous prîmes le galop, dans l'allée maîtresse tendue de branches qui nous aspergeaient au passage, j'eus l'impression de galoper dans le vide, de m'élever au-dessus de terre et de m'enfuir sur Pégase ou sur quelque navire aérien. Un flot de poésie m'envahit et je fus hors de moi, hors du monde, hors du temps. Un poème naquit de cette lévitation :

Je suis vêtu d'algues de rêve
et je m'élève
Parmi les astres lourds de pleurs
les soirs de peur.

Mon ample voile en toile d'âme
longue oriflamme
Se gonfle au souffle d'alizés
fleurdelisés.

Va ma goélette éthérée
sur l'eau laurée
Du rond mort des feuilles en or
venant du nord.

Ton mât de bois poli balance
en la cadence
De mon sang sa tête aux cheveux
de nue des cieux.

Je suis déjà loin de la terre
dans l'estuaire
Qui longe l'eau et troue le ciel
artificiel.

J'ai mal au cœur j'ai mal aux vagues
et je divague
En équilibre sur le pont
de ma raison.

Je crie d'en bas vers la vigie
mon agonie
Brisant l'étoile des destins
entre mes mains.

En vain l'arc-en-ciel se dessine
sur ma famine
Ma robe est de rêve toujours
pour mes amours.

Soudain, nous étions revenus sur terre, devant la grille de la maison. Je n'avais plus rien vu, plus rien entendu, hors ces rythmes affolés et troublants dont s'emparait ma mémoire. J'étais hébété comme après un long trajet sous le soleil. Mon père s'en aperçut :

« Alors ? Ça ne va pas ? Il t'a crevé ce cheval ?

– Mais non, il a marché tout seul, au contraire.

– Pas de ruade, pas de défense ? L'autre jour, il cherchait à mordre le bout de mes bottes.

– Non, je t'assure, je ne me souviens de rien. »

Je ne me souvenais de rien, sinon de ces strophes tissées en moi-même malgré moi. Elles avaient pris le rêve au filet comme ces toiles d'araignées qui retiennent les perles de la rosée. Avant même de quitter mes éperons, je recueillis sur une feuille blanche tous ces mots que, sans le vouloir, j'avais piégés. C'était bien là un de ces poèmes qui nous sont donnés, qu'on ne fait que traduire. Poésie vraie et vraie poésie, née de l'âme et non du cerveau. Je ne la juge ni ne la jauge, mais la tiens pour la seule voix touchant le cœur des autres parce que la plus intime, la plus spontanée, la moins falsifiée.

J'ai donc, le temps de cette promenade, été poète. Quant à savoir d'où a jailli l'inspiration, comment se sont ouvertes les vannes en moi, pourquoi m'en soucierais-je ? Autrefois, où régnait la belle simplicité, on rendait les Muses responsables de l'inspiration. Restons fidèle à ces antiques traditions et avouons que trois Muses m'ont parlé : la Joie, l'Automne et la Cavale. Tout le reste n'est que littérature, et la bonne littérature raconte beaucoup mieux la vie que la vie elle-même.

(Depuis la rédaction de ce texte, mes lectures m'ont permis de découvrir, avec étonnement et joie, que je n'étais pas le seul à me laisser envahir par l'inspiration au cours d'une promenade à cheval. Des auteurs, bien plus huppés que moi, ont éprouvé le même phénomène.

Montaigne d'abord. Dans son admirable et réjouissant chapitre « Sur des vers de Virgile » *– L. III, chap. V–, où il nous parle crûment de l'amour, il nous révèle que ses plus profondes rêveries, celles qui lui plaisent le mieux, surgissent à l'imprévu :*

« à cheval, *dit-il,* à la table, au lit, mais plus à cheval, où sont mes plus larges entretiens ». *Ce passage me va droit au cœur et prouve l'universalité des sentiments humains.*

George Sand ensuite. Dans son « Histoire de ma vie » *que chacun devrait lire de préférence à une biographie, elle raconte – IVe partie, chap. IV – son plaisir de chevaucher sa jument Colette pour des courses folles à travers les guérets berrichons. Elle éprouve alors, nous avoue-t-elle,* « cette rêverie au galop, ou cet oubli de toutes choses que le spectacle de la nature nous procure... » *Elle termine en disant :* «Je devins donc tout à fait poète... »

Nous ne vivons plus au temps des cavaliers. Le cheval, cependant, regagne du terrain. De l'équitation, on a fait un sport, un superbe sport, non pas seulement de compétition mais de loisir. Puissent ces cavaliers, ces cavalières qu'on aperçoit parfois dans les campagnes ou les grands parcs, se laisser inspirer aux rythmes des allures équines, et devenir poètes !)

III. – LES ESPACES DE LA RÊVERIE

Ma dégustation des livres

Il lisait tout, et la plupart des volumes de sa bibliothèque portent encore les vestiges du passage de sa pensée.

Paul de RAYNAL (à propos de Joseph Joubert).

Ma bibliothèque, dispersée dans plusieurs pièces de ma maison, occupe autant d'espace que les fenêtres. Celles-ci s'ouvrent sur un vaste paysage de vignes et de plaine ; celle-là s'ouvre sur un monde intérieur où les arborescences de la pensée bordent les fleuves de l'imagination. Le prix des livres rangés dans cette bibliothèque réside uniquement dans la valeur que j'attribue à leurs textes. Les couvertures en vieux cuirs, les reliures colorées, les éditions rares ou de luxe, n'occupent qu'un étroit rayon dans une bibliothèque essentiellement constituée des livres que j'ai choisis et parfois longuement désirés et cherchés.

La plupart de ces livres sont simples, brochés et leurs dos se déchirent à l'usage ou déteignent à la lumière. Que m'importe l'allure populaire d'un livre de poche s'il contient un bon texte en caractères bien lisibles ! Je le préfère souvent à un volume de la Pléiade, avec sa robe de cuir souple et ses fines pages de papier bible, où ce même texte me paraît empaillé, momifié. Mes rayons, ainsi que les moindres anfractuosités des murs ou des meubles, sont surchargés de livres, non seulement alignés et serrés, mais posés à plat sur la tranche des autres ou dissimulés derrière ceux qui sont visibles. Il y a même, dans ce lieu discret nommé *le petit coin,* un lot de quelques livres. L'un d'eux change périodiquement : c'est celui que je lis, par bribes et morceaux, pour oublier ma raison d'être là et utiliser au mieux cette courte solitude cloîtrée.

À quelques exceptions près et si incroyable que cela puisse paraître, tous ces milliers de livres, je les ai lus et, pour certains, relus. Je les ai lus et chacun d'eux en détient la preuve, chacun d'eux en porte les stigmates : les traces de mon crayon. Qui d'aventure se plongerait dans ma bibliothèque éprouverait d'abord de l'étonnement, puis sans doute de l'intérêt. Tous ces livres sont marqués de mes griffes, imprégnés de mes réactions. Plutôt que d'y inscrire mon nom, j'y ai coulé ma propre pensée. Aux textes des auteurs s'ajoutent, s'incorporent les commentaires du lecteur. Un dialogue s'ébauche entre celui qui a écrit et celui qui le lit. Ainsi, les livres me parlent et je leur réponds. Parfois, quelques-uns sont muets : je les ai lus, mais ils ne m'ont rien dit. Vierges de mes crayonnages, ils disparaissent lorsque des livres plus communicatifs les délogent et les chassent.

Cette méthode de lecture, assez personnelle, s'est révélée à la longue efficace. Expérimentée et améliorée au cours du temps, elle me paraît facilement transmissible. Plus qu'une discipline revêche, c'est une simple habitude intellectuelle adaptable au tempérament de chacun. De toute façon, cette méthode m'a enrichi : elle a contribué à ma formation en fixant mon attention, en développant ma culture et en m'incitant à prendre la plume à mon tour.

Pour bien lire, il ne suffit pas d'avoir de bons yeux et l'esprit éveillé. Il faut s'installer confortablement dans un endroit éclairé, paisible et silencieux. Quelques outils sont nécessaires : un crayon bien taillé et de mine assez douce ; une gomme qui n'arrache pas le papier et n'y laisse pas de traces noires ; des fiches en bristol de différentes couleurs (blanc, rose tendre, vert amande) et découpées au format des livres. Ces fiches me servent à plusieurs usages : marquer la page où j'en suis dans ma lecture ; marquer les pages où se trouvent les notes auxquelles j'ai besoin de me reporter ; recevoir les numéros des pages où je désire retrouver, en cas de besoin, tel ou tel passage dont j'inscris brièvement le contenu ; enfin servir de carton rigide sous la page où je veux souligner des phrases ou noter une réflexion. Une fois ma lecture achevée, la fiche ainsi remplie d'indications reste dans le livre où je peux la consulter facilement. Toutes ces notes sur les fiches, tous ces signes et toutes ces notations sur les pages des livres sont faits au crayon et jamais à l'encre. Le crayon s'efface et ne risque pas de baver ou de tacher comme l'encre. Il m'arrive parfois de ne rien inscrire sur la fiche, mais de le faire sur une des pages de garde.

On peut classer l'ensemble de ces inscriptions en deux groupes : les *marques* et les *notations*. Les marques sont des soulignements, des traits verticaux en marge, des croix de repère, des doubles croix formant l'astérisque d'un renvoi à une notation, des points d'exclamation ou d'interrogation, des encadrements de phrases ou de fragments de texte. Les notations surviennent pour des causes diverses : je conteste, j'approuve ou je m'exclame ; je compare des actions ou des pensées avec les miennes (c'est ce que j'appelle *se regarder dans le miroir d'un livre) ;* je recopie la définition d'un mot, le contenu d'un événement ou l'identité d'un personnage que je ne connaissais pas ; je résume en marge, ou je sous-titre, la teneur d'un passage ; je m'inquiète d'une citation dont j'ignore l'origine (ouvrage, auteur ou les deux) et qui va me lancer sur le sentier de la chasse aux citations ; je calligraphie, en haut de la page, la phrase-clé ou une expression qui me paraît belle ; je barre les mots inutiles et remplace ceux qui me semblent impropres par les termes justes ; je recopie sur les pages de garde les jugements que d'autres personnes ou d'autres auteurs ont porté sur le livre que je lis ; je note sur les pages de faux titre les dates de naissance et de mort de l'auteur, la page ou l'idée ou la phrase d'où il a tiré son titre ; je complète les phrases ou les refais si je les estime maladroites, peu claires ou mal bâties, etc.

De telles phrases, on en découvre même chez les bons auteurs, même chez ceux que l'on préfère. Je me garde bien de changer le sens de la phrase défaillante, mais j'en arrondis les angles, j'en rejette les termes répétés – notamment de trop nombreux *qui* et *que* –, j'en romps la longueur en la coupant par des points, j'en assouplis ou allège la cadence. J'aime une phrase lorsqu'elle coule de source et creuse son lit comme une rivière en plaine. Si je me régale d'une truite au bleu, il arrive qu'une arête irrite ma langue ou blesse mon palais : il faut la retirer de ma bouche avant d'avaler. De même, si je me nourris d'un livre, je ne supporte pas qu'un phrase épineuse me reste en travers de l'esprit : j'enlève ce qui m'incommode avant de poursuivre ma lecture. Les corrections, je ne les fais jamais avec l'esprit acariâtre ou pédant d'un critique. Je les fais pour mon propre plaisir et, souvent, comme un exercice de style. Ecrire est difficile, bien écrire est très difficile, aussi n'ai-je nullement l'intention de jouer au cuistre.

Toutes ces *marques* et *notations* ne sont jamais systématiques, beaucoup sont spontanées et certaines raisonnées. Elles ne procèdent pas d'une manie d'érudit mais d'une agréable nécessité. Elles m'obligent à pleinement profiter d'un livre, à ne pas l'avaler d'une traite, à en tirer – comme disait Rabelais – *la substantifique moelle.* Mais pour utiliser cette méthode, il faut aménager son temps ou se donner un but précis. Mieux connaître un livre ou un auteur, s'intéresser non seulement au sujet mais à la structure et surtout au style, voilà quelques-uns de ces buts. Un autre but, moins esthétique mais plus sérieux, c'est de rassembler une documentation, un choix de citations et d'exemples pour l'ouvrage que l'on décide d'écrire. Pour rédiger *Mes Dégustations littéraires,* un essai de critique, il m'a fallu relire les œuvres à peu près complètes des sept auteurs étudiés. J'ai souligné, noté, classé tout ce qui se rapportait, chez chacun d'eux, à l'odorat et au goût. Balade passionnante qui vous entraîne à parcourir toute une œuvre afin de découvrir, comme on le fait dans les bois pour les champignons, les éléments qui viendront alimenter votre ouvrage. Un seul risque au cours de cette balade : la tentation de cueillir des plantes, des fleurs ; bref, de se laisser distraire par des beautés étrangères à votre sujet.

Il m'arrive parfois, ô miracle, d'être tellement pris par ma lecture que je l'avale goulûment, sans reprendre souffle, sans avoir le temps de souligner ou de noter. Dans ce cas, je m'impose, non, je m'offre une deuxième lecture. Cette relecture, c'est le régal suprême avec, en prime, l'étonnement de découvrir quelques merveilles qui m'avaient échappé. Je relis posément, humant les mots, suçant les phrases, goûtant la chair de la pensée ou le corps du récit. Je me livre alors sans scrupule à la manie des soulignements, au dialogue des notations en marge.

La lecture d'un texte devient ainsi semblable à la dégustation d'un vin. Comme l'étiquette sur la bouteille, le livre annonce sur sa couverture son origine (le nom de l'auteur), son appellation (le titre), son millésime (l'année de sa parution) et son producteur (l'éditeur). Reste à savoir le déguster, le savourer puis en parler entre amis ou amateurs. Il y a des livres auxquels la nouveauté donne toute sa fraîcheur (beaujolais) et des livres qui, au contraire, exigent un certain vieillissement. Il y a des livres qui vivent très longtemps, plusieurs siècles même (les classiques) et d'autres qui sont claqués, finis au bout de quelques années. La seule différence entre la dégustation d'un vin et celle d'un livre, c'est que le vin se boit convivialement alors que le livre se consomme généralement en solitaire.

Nos modes de perception, ceux qui nous permettent d'analyser nos sensations, ne se limitent heureusement pas à nos seuls *sens physiologiques :* vue, odorat, goût, ouïe, tact. Ils sont doublés et même triplés, pour l'homme – et non pour l'animal – par d'autres sens qui, latents en nous, n'apparaissent que si nous nous ingénions à les développer. À ses instruments habituels de précision, l'homme possède donc la faculté d'ajouter ces autres instruments extraordinaires que sont les *sens intellectuels* et les *sens spirituels*. Les sens spirituels, révélés, enseignés et mis en pratique par les Pères de l'Eglise – Origène en tête – sont l'apanage d'une espèce de supersaints qu'on appelle les *mystiques*. Ces saints-là, grâce à ces sens-là, parviennent jusqu'à cet exploit métaphysique : déguster la divinité. Les sens intellectuels, d'un niveau moins éthéré, nous permettent d'apprécier, de savourer, de déguster le texte contenu dans un livre. Si nous sommes capables de concentration et de ferveur, ces divers sens, les physiologiques qui s'appuient sur le corps, les intellectuels sur l'esprit et les spirituels sur l'âme, se confortent entre eux à notre insu, s'interpénètrent et transforment nos sensations en intuitions ou en visions. Un vin se déguste par le corps, mais avec l'aide de l'esprit ; un livre se déguste par l'esprit, mais avec l'appoint de l'âme.

Mes livres, sagement alignés dans ma bibliothèque, semblent aussi inanimés et silencieux que les pierres d'un mur.

Mais si je prends l'un d'eux et l'ouvre, immédiatement j'entends sa voix, je reconnais son timbre et nous dialoguons. Il me parle comme à un ami qu'on redécouvre à chaque rencontre. La mémoire de nos précédentes conversations se ravive lorsque je lis d'une part le texte et d'autre part mes diverses notations en marge. Soit je laisse le livre me parler et je l'écoute, ravi de me couler une fois encore dans sa pensée, d'être à nouveau sous l'enchantement de son ton, de sa tournure d'esprit. Soit je le consulte pour une idée ou un renseignement dont je présume qu'il est apte à me donner. Le plus souvent, c'est un *livre* que je consulte, et non pas un *auteur.* Je ne dédaigne pas les auteurs, loin de là, mais il est rare que j'apprécie la totalité d'une œuvre. Dans l'œuvre d'un auteur, je ne pratique parfois qu'un seul livre ou qu'un seul genre de livres, délaissant les autres qui m'indiffèrent. Ma bibliothèque ainsi conçue, comme une anthologie à mon usage personnel, reflète à coup sûr une part importante de mon individualité. Celle qui se retrait dans le domaine réservé de ma vie intérieure. Qui donc a dit : « *Quand un homme meurt, c'est une bibliothèque qui disparaît* » ?

Lettre à un ami
sur mes singularités bourguignonnes

Cher ami,

Vous me voyez bien embarrassé. Pour votre revue, vous m'avez prié de répondre en quelques pages à cette question : *Quelles singularités font de vous un Bourguignon* ? Je me suis plongé en moi-même, j'ai réfléchi un instant et n'ai rien trouvé de singulier en ma personne. Ah ! si vous m'aviez demandé *ce qui caractérise un Bourguignon,* je serais moins perplexe et plus à l'aise. Piochant dans la légende, le folklore, les traditions, les stéréotypes et les idées que se font d'un Bourguignon les étrangers à ma province, je vous aurais facilement dessiné un de ces portraits-robots qui, sans surprendre, aurait contenté tout le monde.

Vous souvenez-vous de cette page étonnante de Giono sur son pays qu'il n'a guère quitté et dont il a tant parlé ? Cette page commence par un coup d'éclat : *Je ne connais pas la Provence,* écrit-il ; elle se termine par une rosserie : *Il paraît qu'il existe une Provence en félibres. Je ne la connais pas.* Après ces deux reniements, la cigale a chanté, comme le coq pour saint Pierre dans l'Evangile. Entre-temps, la cigale Giono ne s'est pas privée de vanter sa Provence, celle des grands espaces, des vastes étendues où vibrent les oliviers, fleurissent les amandiers, bleuissent les lavandes, coule la Durance et s'arrondissent les villages comme des nids de guêpes.

À l'exemple de Giono, je pourrais vous dire : *Je ne connais pas la Bourgogne* ou *Je ne sais pas ce que c'est qu'un Bourguignon*. Et cependant, j'habite la pente d'une colline couverte de vignes au bas de laquelle Meursault et son haut clocher semblent enfouis dans un parc. Abandonnons donc le Bourguignon des journalistes, des feuilletonistes ou des cinéastes, abandonnons même le *Nono* de Roupnel ou le Vincenot de *La Billebaude* dont les traits accentués, la faconde amplifiée, la jovialité exagérée suggèrent un Bourguignon plus vrai que nature. Non, je ne suis pas ce bonhomme-là et, cependant, je me sens Bourguignon jusqu'au tréfonds de l'âme.

Vous avez donc, me direz-vous, des réponses à ma question, des singularités qui vous rattachent à votre province. Certes, mais lesquelles ? Je me gratte la tête, remue mes paperasses sur mon bureau, jette un regard au paysage par la fenêtre, me lève pour dévisager vainement mes livres qui me tournent le dos et reviens à ma chaise, ma table, mon papier, mon crayon... Mes singularités ? Mes banalités plutôt, celles que nous avons en commun, mes compatriotes et moi.

Commençons donc par la plus singulière de mes singularités : je suis né, non pas dans les vignes, mais au bord de la Manche. Pas celle de Don Quichotte, celle qui nous sépare de la Grande-Bretagne. C'est le fait d'un hasard, d'une circonstance familiale. J'ai vu le jour à la *Musardière,* une villa non loin de la plage de Berck. Muser, musarder, m'amuser, ça me connaît ! La mer ? Cette mer-là, en bon terrien, je n'y ai plus remis les pieds. J'aurais dû naître dans la grande maison de Meursault ou à la maternité de l'Hôtel-Dieu à Beaune. Mais le lieu de naissance ne justifie pas l'appartenance à une région.

Un vigneron qui achète ses plants à Montpellier pour les cultiver en Genevrières sait parfaitement que le vin récolté ne sera pas languedocien, mais bourguignon. Là où vos racines s'agrippent et s'enfoncent, là est votre terre natale.

Mais la sève qui forme notre corps, qui le nourrit et qui donne à nos sens leurs facultés de perception, c'est le sang, la famille avec la grande loterie des hérédités génétiques. Mes parents, mes grands-parents, mes arrière-grands-parents, tout ce monde-là gravitait entre Côte-d'Or et Saône-et-Loire, deux départements qui constituent le rognon de la Bourgogne. Au temps de ma jeunesse, leurs principales ressources venaient des vignes et des prés, des bons vins de la Côte et des bovins du Charolais. Je suis issu de cette saine bourgeoisie paysanne qui possédait des vignobles et des prairies mais ne les exploitait pas elle-même. Le phylloxéra, la Grande Guerre, les nombreux enfants, la crise des années trente, la Seconde Guerre mondiale, l'Occupation, la modification des mœurs, ont créé des circonstances telles que cette bourgeoisie a été peu à peu dépossédée de ses terres.

J'ai eu néanmoins le temps et la chance d'avoir été marqué à jamais par un *mode de vie* et par des *paysages* qui comptent pour beaucoup dans mes singularités de Bourguignon.

Une *vie* simple et policée où les repas familiaux, copieux, raffinés, servis à heures fixes, demeuraient les moments forts de la journée. Nous buvions du vin à tous les repas, passe-tout-grains ou aligoté, allongé d'un peu d'eau pour diluer l'alcool. Les jours de fête ou de réceptions, il y avait toujours de bons vins dont nous nous amusions à percevoir les bouquets en maniant les verres fins avec délicatesse. Nous étions gais, joyeux. Les jeux de mots fusaient, les bonnes histoires nous divertissaient même si nous les connaissions déjà. Il se forgeait, autour de la vaste tablée ronde, un esprit de famille singulier qui, je l'ai constaté plus tard, n'existait pas ailleurs sous cette forme et surprenait souvent les amis qui séjournaient chez nous.

Des *paysages* qui, malgré leur manque évident de pittoresque, m'enchantaient et qui m'enchantent encore maintenant bien qu'ils se soient sensiblement modifiés. Passer de la civilisation du cheval à celle du moteur ne se fait pas sans bouleversements. Les vignes de naguère, fleuries d'arbres fruitiers et labourées au pas lent d'un cheval puissant qui évoluait avec une connaissance parfaite de ce qu'il devait faire, ces vignes d'aspect souvent souffreteux ne ressemblaient pas aux vignes glorieuses d'aujourd'hui. Elles occupent maintenant tout le terrain. Elles sont inlassablement parcourues de hauts tracteurs dits enjambeurs et survolées parfois d'hélicoptères qui nous donnent un spectacle de haute voltige pour répandre un nuage prophylactique sur les feuillages.

Pourquoi je ne me lasse pas de ce paysage viticole, de ces modestes coteaux rayés de vignes ? Je ne peux vous en donner la raison, cher ami. Est-ce parce que j'en connais tous les lieux-dits dont les noms savoureux servent à identifier nos vins et à régaler les amateurs avant même qu'ils ne les dégustent ? Peut-être. Au vrai, je ne me sens bien, je ne suis à l'aise qu'au milieu de ces paysages de vignes ou de prairies. J'y trouve la paix pour vivre et pour écrire. D'autres préfèrent la montagne, comme vous, ou la mer et je les comprends. Le mont Beuvray pourrait être notre Ventoux, la Roche de Solutré notre Sainte-Victoire, la Saône notre mer originelle car tout cela grouille de préhistoire, de fantômes gaulois et suffit à mon bonheur.

Je n'ai pas l'accent bourguignon. Sauf, paraît-il, pour quelques singularités de mon vocabulaire et de ma prononciation. Hélas, je ne roule pas les R comme mon père et mon beau-père, tous deux natifs du pays, tous deux anciens élèves du collège Saint-François à Dijon et tous deux amis. Je n'ai jamais parlé le patois morvandiau comme mes parents, mais je le comprenais. Il y avait alors deux patois, celui de Beaune en voie de disparition et celui du Morvan encore très pratiqué dans les villages aux environs d'Epinac et d'Autun. Qu'en reste-t-il ? Des passe-temps pour les érudits locaux.

Nos grands vins, en revanche, sont toujours présents. On ne peut les oublier. Ils ont fait de moi le plus Bourguignon des Bourguignons. Mais cette chance-là, je la partage avec beaucoup d'autres. Ma singularité, en l'occurrence, c'est d'avoir été particulièrement comblé par eux et d'avoir su les remercier en les vantant, en les chantant de bien des façons. Je les ai nettoyés de leurs trognes rouges, de leurs instincts égrillards et j'ai mis en valeur, j'ai fait briller leurs qualités esthétiques d'objets d'art. Mais je ne les ai jamais installés sur un trône. Ils ont leur place d'honneur chez moi, chez nous : celle d'un gentilhomme campagnard et non d'un prince.

Nos vins ne sont pas logés dans des *châteaux* mais dans des *domaines*. Quel beau mot que le mot *domaine !* Pourquoi quelques Bourguignons s'avisent-ils aujourd'hui de singer les Bordelais en se déguisant en propriétaires de châteaux ? Conservons nos singularités, ne copions pas les autres. Si les vins de Bordeaux se veulent nobles, les nôtres s'ennoblissent d'eux-mêmes par leurs terroirs ducaux et leurs cépages racés. Le mot domaine englobe plusieurs sens et, notamment, ceux de *propriété* et de *spécialité*. C'est ainsi qu'on peut déclarer : *Je suis le maître de mon domaine ; et mon domaine, c'est la vigne et le vin.* Voilà de quoi nous enorgueillir à juste titre. Mais l'orgueil n'occupe guère l'esprit d'un Bourguignon. Le vigneron, proche de la terre, en a la simplicité, la générosité, la grandeur. S'il a un brin d'orgueil parfois, il le met en bouteilles, avec son vin.

Rappelez-vous, cher ami, nous avions un jour comparé ensemble un vin de Bordeaux et un vin de Bourgogne. Le premier vous avait paru un peu maigre, le second toute rondeur. C'est cette rondeur que l'on retrouve dans le comportement d'un Bourguignon, alors que le Bordelais semble plus froid, moins expansif. Le Bourguignon se livre sans façon. Mais si vous l'esbroufez, si vous le snobez, il saura vous clouer le bec. Son esprit vif le rend affable et drôle s'il est en confiance, méfiant et caustique si vous l'agacez. Cette singularité de l'esprit bourguignon, je la retrouve mieux chez le Président de Brosses des *Lettres sur l'Italie* que chez Piron et chez Vincenot qui le *pagnolisent* un peu trop. Ai-je cette singularité ? A vous de juger. Mais, écrivant, je me régale du jeu des mots ; bavardant, j'aime jouer avec les mots, laisser fuser les saillies et éclater les rires.

Êtes-vous satisfait ? Suis-je maintenant assez Bourguignon à vos yeux ? Avez-vous découvert les singularités que vous espériez ? La plupart d'entre elles ne sont que des banalités communes à d'autres. Néanmoins, elles me suffisent pour que je me sente bien dans la peau d'un Bourguignon. Mais ne sont-elles pas les dernières singularités, ou les avant-dernières ? La facilité des déplacements et le mélange des peuples effacent de plus en plus ces spécificités provinciales. Combien de temps la France elle-même va-t-elle conserver ses singularités si nous réussissons l'Europe ? La langue française deviendra une sorte de patois et, bientôt, une langue morte. Le latin, longtemps triomphateur, a vécu cette marginalisation et cette disparition. Hélas, on ne ressuscite pas d'aussi belles défuntes !

Ah ! cher ami, j'allais oublier quelques singulières singularités... Je m'irrite et m'enflamme pour peu de chose et ces élans retombent aussi vite qu'ils se manifestent. Le Bourguignon bouillonne en surface, comme ses cuves : il a le sang chaud, mais qui se refroidit avant d'atteindre la méchanceté ou le fanatisme. Ceci encore : j'exige du vin dans toutes les sauces, du rouge ou du blanc selon les cas ; j'aime les œufs en meurette, j'allonge et dégraisse mon bouillon gras avec du vin rouge, je soigne mes rhumes au vin chaud et... Quoi vous dire d'autre ? J'ai séjourné en Périgord, je réside fréquemment en Provence et j'apprécie beaucoup ces deux provinces, mais je ne me suis jamais senti Périgourdin ou Provençal. J'aime la Bourgogne d'un autre amour, l'amour parental, et je l'aime *jusque dans ses verrues* comme disait, de Paris, l'ami Montaigne.

Quelle curieuse lettre, n'est-ce pas ? C'est une lettre d'humeur, d'humour et d'amitié. Si vous la jugez futile, peu persuasive, peu solidement argumentée, n'y pensez plus, jetez-la au panier. Mais pourquoi m'inventerais-je des singularités que je ne possède pas ? Je suis Bourguignon, je garde donc les pieds sur terre. Fermez le ban ! Le ban bourguignon, naturellement.

Et fidèlement à vous.

L'île des Saussots

Les brouillards... ne laissaient au-dessus d'eux que les cimes à demi noyées des plus hauts peupliers dans la plaine...

LAMARTINE (*Raphaël,* chap. V).

J'observe l'horizon. Mon boqueteau de peupliers émerge d'une mer de brume comme une île lointaine, sauvage, au profil plat.

Il ne faudrait qu'une barque de rêve pour l'atteindre, y *robinsonner* à mon aise et y demeurer à jamais...

... J'étudierais tout de cette île : sa configuration géographique, sa flore, sa faune, son climat, son hydrographie, ses ressources naturelles, les traces ou les vestiges de son histoire.

Qui sait si je n'y retrouverais pas, en suivant un ruisseau, en m'enfonçant dans la foule des arbres et le maquis des buissons, cette saulaie ou saussaie d'où vient le nom de cette terre brumeuse ?

Qui sait si je ne découvrirais pas des ammonites géantes, des os de mammouths, des œufs de dinosaures, un tumulus antique et son mobilier, le crâne et les tibias d'un ermite, des lames de silex, une corne d'abondance et une pointe d'ironie ?

Qui sait si je n'exposerais pas, pour un musée de plein air, un musée de la fragilité et de la permanence dont je serais le conservateur et le seul visiteur, ces vaines curiosités, ces frêles et fugitifs témoins d'existences antérieures ?

Qui sait si, à l'orée d'une clairière sentant le muguet, les trompettes-de-la-mort et l'humus fécond, je ne rencontrerais pas un autre Vendredi égaré là comme moi-même ou, mieux encore, une craintive Dimanchette aussi joliment nue et chevelue que l'Ève de Cranach qui me tiendrait compagnie et réchaufferait mon vieux cœur de solitaire ?

A contempler autour de moi les arbres en liberté, branches emmêlées, feuillages confondus, troncs morts soutenus par les cordes du lierre, une phrase me reviendrait soudain en mémoire : *L'absence d'hypocrisie des forêts centenaires le réconfortait.* L'hypocrisie ? Que signifierait-elle dans cette île et pour moi ? Rien, sinon une vieille maladie de gens civilisés. Je chercherais vainement où j'avais pu lire cette phrase avant d'aborder l'île. Dans le *René* de Chateaubriand ? Dans *le Centaure* de Maurice de Guérin ? Dans Giono, peut-être. Que m'importe ?

Je serais Noé à la sortie de son arche. Mais un Noé sans famille, sans animaux et sans plant de vigne à mettre en terre. J'utiliserais le bois de ma barque devenue inutile pour consolider mon gîte fait de branchages, de glaise, d'herbes longues et de mousses veloutées. Peut-être même tenterais-je d'entasser des pierres plates pour édifier un meurger, à l'exemple de ceux répandus sur mes coteaux abandonnés, et d'y creuser une grotte à ma mesure.

Je serais le dernier homme du dernier lieu sauvage sur le dernier morceau d'une planète se diluant dans l'infini de l'espace.

J'aurais, fouillant le creux d'un sycomore, trouvé parmi les fientes et les écales de noix ou de noisettes, un objet flasque comme une éponge et rectangulaire comme un écrin : la charogne d'un livre à la couverture pourrie et dont seuls quelques fragments de quelques pages pouvaient être déchiffrés.

Je lirais et relirais souvent ces lambeaux de pages après les avoir revigorés sous l'ardeur du soleil et, parmi ces lambeaux, les phrases où je me reconnaîtrais, où je verrais mon être en un miroir : ... *Me voici donc seul sur la terre... Tout est fini pour moi... aucun voyageur que je sache n'en fait mention* (et, ici, je penserais à mon île). *Cependant elle est très agréable, et singulièrement située pour le bonheur qui aime à se circonscrire...* Herbes que je mâchonnerais en mon esprit pendant mes longues promenades et mes interminables rêveries.

J'aurais le front dégarni, la barbe grise et broussailleuse, les moustaches raides, le corps sec et musclé. Mais je serais devenu paresseux. Je passerais des jours entiers à observer le vol des corbeaux, corvidés sinistres, cuirassés d'encre, vivant en troupe selon des règles strictes et narguant l'homme avec dédain. J'observerais longuement le pivert lorsqu'il martèle les troncs ou fouille le sol dans son habit de lumière. Je me distrairais à suivre les évolutions fantasques et acrobatiques des étourneaux, les étirements, les plongées, les voltes, les resserrements et les atterrissages soudains de leur essaim charbonneux et jacassant conduit par un implacable et génial maître de ballet. J'attendrais la venue, un soir d'hiver neigeux, des élégantes grives litornes qui font étape en cette île où rien ne les dérange.

À l'aurore d'un jour hivernal, j'admirerais, avec l'émotion craintive de nos antiques aïeux, la naissance mythique du soleil. Il s'élèverait du sein des espaces stellaires comme la bulle orangée d'une prière de vierge, traverserait sans perdre de son éclat un banc visqueux de brumes basses et répandrait enfin sa glorieuse lumière sur un ciel tendu de froid.

Je m'émerveillerais, me souvenant des vignes courtes, soumises et ordonnées de ma jeunesse, je me réjouirais de l'espiègle enroulement autour des arbres, du libre élan jusqu'à leurs cimes, de la vigne sauvage aux pampres rougeoyants, aux grappes rares et violacées, aux petites grumes amères que je roulerais dans ma bouche, comme les prunelles, pour les adoucir à la chaleur humide de mon palais.

Je ne regarderais plus ma montre accrochée à la branche d'un arbre et dont le cœur de quartz aurait cessé de battre. De la notion du temps, je ne conserverais d'abord que le déroulement des saisons, puis enfin le rythme binaire du froid et du chaud, de la nuit et du jour.

Je n'éprouverais ni mélancolie ni ennui, respirant l'air autour de moi, répondant aux sollicitations de mes sens plus qu'aux injonctions de mon esprit, lassé de la fatigue du jour, rassasié du repos de la nuit.

Je ramasserais, je cueillerais, j'arracherais, je grappillerais, je dénicherais, sans engranger ni encaver, chaque jour me suffisant à peine pour voir, entendre, sentir, tâter, goûter, pour flotter dans une liberté aussi pure et légère qu'une nuée dans le bleu du ciel à la fin de l'été.

Au cours de mes promenades vers les étendues boisées, je lierais amitié avec un chêne, un immense et vieux chêne qui aurait ouvert une clairière autour de lui. Son tronc énorme se serait, avec l'âge, creusé d'une niche dans laquelle j'irais souvent m'asseoir, le dos appuyé au bois assoupli d'amadou. Je ne serais pas saint Louis rendant la justice : il n'y aurait nul besoin de justice dans ma solitude. Je serais un être humain qui s'incrusterait dans un être végétal, un homme qui partagerait sa chaleur sanguine avec la sève nutritive d'un arbre, une sève riche d'un humus de feuilles mortes et d'un sol profondément vierge. Il m'arriverait, certaines fois où je m'endormirais là, de me sentir pousser des branches et d'entendre le chêne rire de toutes ses feuilles.

Je croirais entendre aussi, porté par le vent de la pluie, les vibrations lointaines d'une volée de cloches sonnant là-bas dans un village perdu au tréfonds de ma mémoire.

Certains jours, lors d'un lumineux couchant, je verrais au loin la pyramide neigeuse du mont Blanc, nuage parmi les nuages pour des regards non exercés. D'autres jours, lors d'une aube limpide, j'apercevrais une lueur rouge, vivante comme un feu, et j'y reconnaîtrais les reflets du soleil levant sur ce qui était, jadis, la fenêtre haute à travers laquelle j'avais vu l'île m'apparaître.

Ces visions effacées, l'une par l'ombre de la nuit, l'autre par l'intensité du jour, je lirais ou me réciterais un des fragments du livre déchiré : *Tout est dans un flux continuel sur la terre. Rien n'y garde forme... nos affections qui s'attachent aux choses extérieures passent et changent nécessairement comme elles... Aussi n'a-t-on guère ici-bas que du plaisir qui passe... Sans aucun autre sentiment... que celui seul de notre existence...*

Je ne chercherais à deviner ni les mots illisibles, ni les morceaux manquants, ni l'identité de l'auteur. J'aurais seulement le désir que cet instant ne finisse jamais, qu'il se prolonge et se confonde avec l'éternité.

Les hommes, les événements, le monde ? Je les oublierais comme on oublie les pages d'un roman, ses personnages, ses intrigues, ses vanités. Je ne chercherais plus qu'à percevoir la succession et la saveur des jours qui, dans cette île limitée et sous l'empire d'un interminable loisir, feraient se lever en moi une étrange nostalgie.

Le soir, en m'endormant, mon âme se joindrait à l'invisible Dieu aussi simplement, aussi naturellement que l'eau de la rivière s'unit à l'inconnu d'un fleuve...

... Si j'ai rêvé, et j'ai rêvé, c'est juste le temps d'un regard qui vague et d'un esprit qui divague. Même en y ajoutant le temps nécessaire à écrire ces lignes, c'est-à-dire le fabuleux moment du ressouvenir, l'instant n'est jamais que l'instant, celui où, la brume dissipée, l'île redevient ce bois de peupliers au bas des vignes, les fragments de texte ce livre ouvert sur ma table et l'île des Saussots rien d'autre qu'une *Île Lusion*.

Éloge de l'aube

... l'aube s'échappait de la nuit...

CHATEAUBRIAND (Vie de Rancé).

(1) Je voudrais chanter l'aube, les aubes, leur fine pointe à la percée du jour, leur palette de couleurs prismatiques car l'aube n'a jamais la blancheur de son nom. Je voudrais chanter l'aube, ces aubes automnales surtout que contemple l'amphithéâtre des vignes dépouillées et que saluent les vignerons en laissant monter vers elles l'odorante fumée de leurs sarments embrasés. Je voudrais chanter l'aube, toutes ces aubes qui s'ouvrent sous l'égide de Vénus, étoile plantée là-haut comme un clou d'argent dans le ciel, étoile vigilante qui s'éteint à la fin de l'aurore. Maintenant, guidé par cette étoile magique, je vais chanter la naissance de l'aube.

(2) J'ai vu bien des aubes se lever devant moi... Je les regardais comme un amoureux regarde son amour s'éveiller. Toutes fenêtres écloses, toutes lumières éteintes, au profond de mon obscurité, je les voyais, ces aubes, poindre dans l'épaisseur de l'ombre. Je surprenais ce délicieux instant où le jour commence à naître, instant fugace où l'on ne sait s'il s'agit d'une

vraie lueur ou d'une simple accommodation de nos prunelles à la nuit qui s'achève. Puis le jour s'installait, et je n'avais pas vu l'aube s'enfuir sur ses pieds nus.

(3) L'aube s'est levée ce matin sur le plus beau, le plus vaste des incendies en plaine de Saône, incendie panoramique d'un intense rouge orangé. L'aube s'est levée avec, sur l'arc de l'horizon, ce brasier de fourrure fauve d'où émergeait, impavide, opalin, le sommet bosselé du mont Blanc. Cet incendie d'aube flambait, aussi magnifique mais plus serein que celui de Moscou allumé en 1812 par le gouverneur Rostopchine à la barbe gelée de Napoléon. Cette aube incendiaire me désarme, me séduit et me pousse à me retirer, sans blessure, dans la paix de mes vignes natales, de mes rêveries coutumières et de mes fantasmes inoffensifs.

(4) Ô jeune et belle aube, déesse aux yeux verts, aux joues roses, aux lèvres d'orange, aux cheveux argentés, à la tunique multicolore, vous seule pouvez témoigner de ma fidélité, vous qui, si souvent, m'avez surpris penché sur ma page blanche, le crayon à la main, le corps allégé, l'esprit vivifié, entouré de mes livres aussi enchanteurs et silencieux que vous. Ô jeune et belle aube, à l'haleine fraîche et douce, je dois tout à vos jeux, à vos ris, à vos irisations artificieuses, je vous dois mon réveil prompt, mon courage, ma ferveur, mes élans, ô divine allumeuse, je vous dois cette inspiration qui éclot de la paix matutinale et du bonheur de respirer.

(5) Je suis ce guetteur d'aube qui sort nuitamment de son lit et va, les bras tendus devant lui comme un aveugle, vers les croisées s'ouvrant à l'est. Je suis ce guetteur d'aube qui, las des lourds songes du sommeil, se lève en silence pour assister soli-

tairement au lever du jour et pour s'émerveiller, dès l'allumage des feux de la rampe, du spectacle tapi derrière le rideau de la nuit. Je suis ce guetteur d'aube qui remercie le Ciel de s'ouvrir, une fois encore après tant de fois, à la traversée du soleil.

(6) Parfois, il n'y a ni aube ni aurore... Le jour parvient cependant à sortir de ses limbes, à s'extraire d'un reste de nuit, d'un ciel bouché, d'une écharpe de brume crasseuse. On ne sait comment, une lueur se diffuse imperceptiblement, repousse l'ombre et se répand en une clarté morne et triste qu'il nous faut bien accueillir comme celle du jour, un jour fermé à toute luminosité. Sa frange colorée n'est plus éclairée par-dessous, mais par en haut. Ce sont les rayons solaires qui, voilés de nuages, braquent leurs jets lumineux sur l'horizon terrestre.

(7) L'aube s'est levée ce matin, féerique, merveilleuse, rayonnante, avec son écharpe orangée autour du col sombre de l'horizon, avec le dégradé de ses teintes, la caresse du rose qui émeut la façade des maisons et la tendresse du vert qui, de son espérance, repousse la menace d'une sarabande de nuages violacés. L'aube s'est levée sur la majesté olympienne du plus haut sommet des Alpes, jusqu'à ce que l'aurore soit elle-même aveuglée par la présence du soleil qui jaillit de l'écorce terrestre comme un sein du corsage.

(8) Est-ce bien l'aube, cette phosphorescence blanchâtre qui monte de la terre des vignes et repousse doucement l'ombre nocturne ? Est-ce vraiment l'aube ? Dans le silence de la nuit, la neige a déroulé son immense tapis immaculé. L'aube ne sera qu'un reflet de cette pâle brillance et le jour naî-tra de cette froide écume non encore souillée par l'agitation des

hommes. Privé d'aube, je me cloîtrerai en moi-même et serai ce reclus des étendues polaires.

(9) Lorsque l'aube se lève, mon visage est déjà tourné vers elle. Je suis à cette table de travail où je m'installe très tôt et d'où mes regards s'aimantent à l'est. Lorsque l'aube se lève, j'ai déjà devant moi des lignes tracées à la lueur d'une lampe, des lignes venues des songes de la nuit et des rêveries du jour. Lorsque l'aube se lève, légèrement parée d'attendrissants voiles mauves, je m'arrête un instant, pose mon crayon, éteins ma lumière pour jouir de cette beauté récréative qu'elle m'offre, pour ces moments qu'elle m'invite à combler d'oisiveté fructueuse. Lorsque l'aube se lève, les idées s'éveillent, les mots apparaissent, les phrases s'éclairent, le livre futur s'illumine et s'écrit avec la gamme des fraîches couleurs de l'arc-en-ciel.

(10) Ô belle aube, ô diligente matineuse, tu déplies et déploies aux confins du silence tes bandes magiques aux quatre teintes : le mauve sombre posé sur l'horizon comme un bandeau de nuit où brillent encore les basses étoiles de quelques feux urbains ; le rose infiniment rose d'une primerose ; le vert à peine vert et plus lisse qu'une coque d'amande douce ; le bleu, enfin, dilué, aquarellé, tel un ciel dans l'eau de sa naissance. Voici tes oriflammes, ô belle aube, les plus modestes, les plus pures, les plus émouvantes : elles annoncent le plein du jour sans faste ni rumeur et séduisent d'autant plus qu'elles sont éphémères. Ces oriflammes quadrichromes, hélas, le tout puissant soleil les brûlera, les fondra dans cette buée lumineuse devant laquelle, ô belle aube, tu t'effaces le temps que tourne la terre.

(11) L'aube ne s'est pas levée ce matin... Car il y a des jours sans aube, comme il y a des jours sans joie. Le rideau de brume

ne s'est pas dissipé ; l'air s'est opacifié en un liquide trouble ; le ciel s'étend et se déchire comme un vieux chiffon accroché à la cime d'un arbre. Il y aura une lueur grise, un maigre halo, une clarté diffuse, et le jour s'aigrira d'avoir été privé d'aube. Je souffrirai d'un manque d'aube comme un enfant manque de tendresse. Mon humeur sera quinteuse jusqu'à la venue de l'aube prochaine.

(12) Lorsque l'aube se lève, je suis plus que moi-même... A l'homme d'aujourd'hui s'ajoute l'homme des jours anciens ; à l'homme de la réalité palpable s'ajoute l'homme des images du souvenir. Je suis l'homme de tous les jours et de toujours, celui qui laisse sur le sentier de sa vie, une pointe de flèche, une pierre taillée, une peinture rupestre, un dolmen, une stèle, une idole sculptée, une icône, une jarre, un vase, un bijou d'or, un outil, une symphonie, un parfum, un poème, un grand vin ou un livre... Je suis l'homme pour lequel un jour, un dernier jour, l'aube se lèvera sur l'Éternité radieuse.

Lettre à Lamartine

Mon cher Alphonse,

Il y a bien longtemps que nous nous sommes rencontrés, mais je n'ai pas oublié ces agréables tête-à-tête où je n'avais qu'un plaisir : vous écouter.

La vie passe, vous le savez, vous qui avez dérobé cette perle : « *Ô temps, suspends ton vol...* » au poète auvergnat Antoine Léonard Thomas pour la sertir habilement au vingt et unième vers de votre merveilleux *Lac*. Et j'ai pensé à vous l'autre jour en découvrant sur la façade de l'église d'un village bressan, Saint-Germain-du-Bois, un cadran solaire avec cette devise *: O tempus intermitte cursus*. Cette phrase latine est traduite de belle façon par votre fragment de strophe. Mais que signifie un tel souhait au fronton d'un lieu saint ? Est-ce un pécheur moribond qui demande quelques minutes de vie pour se faire pardonner ?

Je vous écris de mes vignes dont l'étendue verte et ordonnée rafraîchit et rassure mes regards. Si je suivais, vers le sud, les lisières de mon vignoble, j'arriverais de terroir en terroir à rejoindre le vôtre. Nos vignobles se ressemblent, et leurs raisins aussi, même si les grappes dorées de nos chardonnays, récoltées celles-ci sur notre maigre Côte, celles-là sur vos fertiles collines, ne produisent pas des vins de même classe. Nous en discutions un jour et je vous ai convaincu en vous disant : *« Dans votre village, il y a des paysans et il y a des nobles : faut-il que les uns dédaignent les autres et que les autres jalousent les uns ? »*

Je vous revois lorsque vous vous isoliez dans ce petit pavillon octogonal que vous aviez fait construire sur un talus dominant votre clos du château de Monceau. Vous avez là, comme en lévitation au-dessus des vignes, composé une partie de votre *Histoire des Girondins. « Elle est écrite,* disiez-vous, *pour le peuple qui va désormais jouer un grand rôle politique ».* Est-ce en méditant à l'ombre des grands arbres, dans cette allée forestière nommée *le salon de Dieu,* que vous nous avez dessiné un si beau portrait – trop beau peut-être – de madame Roland ?

Mais ce portrait s'accompagne d'un autre qui me touche beaucoup plus : celui de la campagne beaujolaise où votre héroïne vécut sa jeunesse. Quelles justes visions et quelle belle page ! On voit les collines mamelonnées, les vignes, les prairies et leurs bœufs charolais, les arbres, saules, peupliers, bouleaux, noyers, pêchers sauvages. Lorsque, d'une hauteur, on se tourne vers la vallée de la Saône, on voit *la ceinture des hautes Alpes couvertes de neige et le dôme du mont Blanc qui domine tout.* On voit sur un penchant de colline, la demeure familiale, *maison basse, assez étroite... recouverte d'un toit à tuiles rouges presque plat ;* on voit la cour entourée des granges, des pressoirs, des celliers, d'un pigeonnier ; on voit le jardin derrière, le potager cerné de buis taillés, un verger, un arpent d'herbe et *un enclos de vignes basses coupées en ligne droite par de petits sentiers verts.* On voit... Qu'est-ce que je vois plutôt ? Eh bien, je vois votre Milly si proche de cet autre pays qui lui ressemble tant et en diffère cependant par des riens, ces riens auxquels la France doit son pouvoir de séduction, cette mosaïque de petites régions ayant chacune leur nom, leur patois, leurs traits physiques et ces ciels, ces lumières, ces odeurs, ces modes de vie qui n'appartiennent qu'à elles.

Milly, votre maison, le Mâconnais ! Pour moi ces trois mots résument tout ce que peut contenir d'évocateur *« la terre natale »*, expression liée en sous-titre à votre émouvant et long poème, *Milly,* que beaucoup d'entre nous, gens de ma génération, portent dans leur cœur. Oui, beaucoup d'entre nous vivent encore de l'humus d'une terre natale. Les Bourguignons surtout, pour lesquels Milly est l'emblème d'une province où chacun souhaite finir ses jours :

« Puissé-je, heureux vieillard, y voir baisser mes jours
Parmi ces monuments de mes simples amours. »

Milly, que votre mère aimait tant, elle qui fut la maîtresse des lieux, la gérante du vignoble et la bonne âme du village. Milly, et votre modeste maison bourgeoise, avec d'un côté sa vaste cour encadrée de bâtiments viticoles et de l'autre son grand jardin à usages divers, parc, potager, verger et cette *allée de la méditation* où votre mère, chapelet à la main, récitait et méditait son rosaire en marchant. Savez-vous qu'un jour j'ai tenté de la surprendre dans sa méditation ambulante en me hissant sur le mur ? L'espace de cet enclos, maison et jardin, de ce *« coin de terre »* qui vous semblait immense lorsque vous étiez enfant, symbolise à mes yeux la perfection de l'habitation humaine et familiale, la sagesse et la simplicité d'une vie campagnarde attachée aux travaux naturels, au développement spirituel et à la charité villageoise. La terre natale, la patrie hélas, les jeunes générations en perdent la saveur et la fierté. N'en ayons pas d'amertume : vous et moi en avons été comblés.

Vous m'avez parfois, cher ami, reproché de préférer Milly à Saint-Point. Excusez-moi de ce sentiment spontané, trop visible peut-être. Certes, Milly c'est votre mère et Saint-Point c'est vous. À Saint-Point, il est vrai, vous êtes omniprésent. Vous êtes là, accueillant, aimable, amical, heureux, actif, éloquent. On ne voit que vous, on n'écoute que vous, on ne jouit que de vous : vous êtes le châtelain et le maître. La demeure est vaste, les prairies vertes, les forêts proches ; l'ombre des beaux arbres du parc est douce et la proximité de la vieille église au milieu de son minuscule cimetière est tutélaire et rassurante... Mais les vignes me manquent, même si elles sont présentes dans les vins que vous nous faites apprécier. Non, je ne me sens pas tout à fait à l'aise ici. Il me manque le retrait d'une bibliothèque silencieuse ; il me manque le voisinage du cellier, du pressoir, du four banal et des vignerons ; il me manque surtout l'intimité de ces profondes conversations dont vous me gratifiez lorsque nous sommes seul à seul. Saint-Point brille d'intelligence avec ses invités de marque et de talent, exalte les cœurs avec la générosité qui émane de Marianne et de vous. Mais Saint-Point ne me touche pas à l'âme. Au salon, la politique l'emporte sur la littérature ou la viticulture ; dehors, le tour du parc remplace les longues promenades dans les chemins charretiers ou les collines désertes et parfumées autour de Milly.

N'est-ce pas cette impression d'ennui ou d'étouffement qui vous pousse parfois à disparaître ? Vous faites discrètement seller votre cheval, vous l'enfourchez et, hop !, vous vous enfuyez. Alors, vous respirez longuement, vous flattez l'encolure de votre cheval qui s'ébroue, vous jetez sur la nature les regards hautains d'un centaure, vous êtes loin déjà et, dans un sous-bois, le miracle se produit : il n'y a plus Alphonse sur sa monture, mais Lamartine sur Pégase. L'imagination s'élance, se déploie, s'envole et la poésie vous envahit, aérée, aérienne, souple, rythmée, gracieuse, colorée, chaude et amoureuse, grave et divine. L'inspiration vous revient, vive, facile, naturelle. Les vers affluent et vous les dispersez dans les airs, vous les chantez aux feuillages, vous les criez aux guérets, aux lapins, aux buissons. Vous n'en êtes pas économe, vous n'avez pas de carnet pour les noter, vous faites confiance à votre mémoire qui vous les rendra. Elle vous les rendra dès votre prochain réveil, au petit matin, dans la solitude de cette alcôve dont vous avez bâti la cuve où fermentent vos poèmes. Parfois, vous préparez mentalement votre futur discours politique ; vous découvrez des arguments neufs, vous forgez des expressions percutantes et vous les déclamez à haute voix pour convaincre les oiseaux, les nuages ou le ciel peut-être. Le ciel avec lequel vous avez, me disiez-vous, quelques démêlés. Lorsque vous rentrez, vous sentez le cuir, la sueur de cheval, l'herbe et la fougère. Vous êtes détendu, joyeux, et vous vous installez à table avec un appétit d'ogre. Mais, le soir, vous irez rejoindre votre lit dès le dernier morceau avalé. Se coucher tôt, se lever tôt, excellentes habitudes dont vous m'avez transmis le secret.

Vous souvenez-vous de cette fameuse promenade à cheval où je vous ai un jour entraîné et d'où vous êtes revenu enchanté bien que rempli de nostalgie ? Lors d'un de mes séjours à Saint-Point, vous rédigiez du courrier dans votre étroit bureau voûté qui ressemble, disiez-vous, *à une chambre sépulcrale*. J'étais assis près de vous, face à la cheminée où brasillait un feu de sarments de vigne. Ayant choisi un livre parmi ceux qui garnissaient quelques rayons, vos auteurs préférés et tous vos ouvrages, je lisais la préface que vous aviez écrite pour *Les Confidences* sous forme d'une lettre à votre ami Prosper Guichard de Bien-Assis. Ma lecture achevée, je vous ai dit :

« Savez-vous ce qui me ferait plaisir ?

– Non, dites-le moi.

– Eh bien, ce serait d'effectuer une promenade à cheval en votre compagnie, cette promenade dont vous parlez : *le sentier rocailleux de Milly,* au milieu des prés, des vignes et de vos amis paysans.

– Rien de plus simple, mon ami, prenez la jument de Marianne et nous partons...

– Merci de cette spontanéité, mais je vous rappelle que je ne monte jamais un cheval qui ne m'appartient pas : je ne me sens pas à l'aise, il y a trop de risques, le cheval bute, son genou heurte une pierre, le voici couronné et déprécié... Mais accepteriez-vous que je revienne au début de l'automne avec mon cheval ?

– Marché conclu ! Nous serons deux chevaliers partant à la conquête des saints lieux de l'enfance, ce Milly où nous boirons ensemble un peu de ce vin dont j'ai abreuvé le mont des Oliviers. »

Cette chevauchée s'est à jamais gravée dans ma mémoire, bien qu'il me semble parfois l'avoir rêvée. Jamais vous n'avez été si proche de moi, l'esprit non seulement ouvert à mes propos mais disposé à ces échanges de confidences que s'accordent les vieux amis. À cette époque, mon père, cavalier dans l'âme, entretenait dans ses prairies du Morvan une magnifique jument demi-sang, *Thérèse,* aussi souple, aussi élégante, équilibrée, fiable et solide qu'une danseuse de ballet dont elle avait le port et la démarche de reine. Sur cette jument, je suis venu à Saint-Point en une seule étape. Parti dès l'aurore, faisant une brève halte pour souffler et me restaurer chez des amis vignerons à Montagny, je franchissais la barrière de votre parc en fin d'après-midi. Les criailleries de vos paons vous avaient averti de mon arrivée. Quel accueil ! Vous tourniez en extase autour de *Thérèse* avec vos chiens qui reniflaient l'inconnue. Oui, je le sais, vous aimez trop les chevaux et vous en avez beaucoup acheté ! Ma jument, docile à la moindre pression de mes aides, appui de rêne sur l'encolure, pesée d'une jambe sur le flanc, contact de l'éperon, tournait sur elle-même, dansait littéralement, les oreilles attentives, mâchant son mors, la tête haute et joliment galbée.

« Quelle belle jument, m'avez-vous dit, fraîche comme si elle sortait du pré, bien dressée et jouant de sa robe alezane aux reflets d'or soyeux comme la plus racée des courtisanes ! Elle va rendre jalouse ma jument *Saphir*. Mais je me charge des présentations et, vous verrez, tout ira bien. »

Le surlendemain, après avoir fait ensemble la veille un galop d'essai, nous nous sommes mis en selle pour Milly en suivant votre itinéraire coutumier : des sentiers herbeux, des sous-bois odorants, des chemins à ornières et des raccourcis à travers des champs aux terres souples. Juchés sur nos montures, la brune *Saphir* en robe baie et la blonde *Thérèse* en robe alezane, nous étions comme des princes. Rien de plus exaltant que d'évoluer à cheval au milieu de la nature ! On a l'impression d'avoir été lavé de tous soucis, d'être devenu intouchable, d'être au-dessus de la tourbe, bref de dominer le monde. Pour moi, il s'est produit ce jour-là un curieux phénomène. Dois-je vous l'avouer ? Malgré votre sollicitude et votre cordiale simplicité, je me sens, dans votre manoir de cette vallée de la Valouze, indigne de vous, comme d'une condition plus basse. Mais là, à cheval et au botte à botte avec vous, je me suis hissé jusqu'à votre hauteur. Il n'y avait plus ni Lamartine ni Poupon, mais Alphonse et Pierre, deux cavaliers fiers de se tenir si aisément en selle et heureux d'être en plein accord avec leurs belles montures.

De quoi avons-nous parlé ? De tout et de rien, de broutilles et de choses graves. Nous restions silencieux lorsque nos chevaux trottaient l'un derrière l'autre sur une sente étroite ou lorsque nous les poussions au galop sur l'espace dégagé d'un chaume. Nous parlions lorsque nous mettions nos montures au pas et les laissions s'ébrouer, souffler un peu. Nous avons abordé beaucoup de sujets : l'enfance, l'amour, la politique, la religion et, bien sûr, la littérature. Je m'en veux de n'avoir rien noté au retour, mais ce que j'ai entendu me semblait si précieux que je l'ai conservé pieusement dans mon cœur. Les feuillages colorés de l'automne nous ravissaient : ils flambaient de toute la lumière dont l'été les avait nourris. Vous m'avez conté quelques-uns de vos péchés de jeunesse, sans forfanterie et avec un seul regret, celui d'avoir parfois fait souffrir et pleurer votre mère. Les dépenses incontrôlées, les dettes de jeu, les mauvaises lectures, les amourettes et les maîtresses qui vous obligeaient à courir plus que vous ne le souhaitiez. Et ce fils, Léon, qui vous était né hors mariage... Mais vous vous épanchiez plus volontiers et avec plus d'émotion sur votre vie d'enfant de la campagne, vie dont l'empreinte ne s'est jamais effacée. Milly, cette maison, ce jardin entourés d'un mur en pierres sèches dans un humble village au milieu des vignes et des collines, ce Milly, pour vous, c'était l'Arcadie.

Nous nous découvrîmes un souvenir commun de garnison. Vous étiez alors garde du corps à Beauvais et moi cuirassier à Lyon. Affectés tous deux dans un régiment de cavalerie, nous avions la chance d'une longue pratique de l'équitation. Nos instructeurs nous donnaient en modèles à nos camarades. Nous chevauchions sans crainte, même les poulains de *débourrage,* bien que nous souffrions autant que les autres de certains exercices. *« Regardez Monsieur ! »,* disait votre instructeur en vous désignant. *« Regardez Poupon ! »* s'écriait mon officier en pointant sa cravache dans ma direction. Quel fou rire nous avons pris en nous racontant l'un à l'autre cette anecdote ! Vous m'avez fait, avec fougue mais sans cacher vos désillusions, le récit de toutes vos sensations lorsqu'en 1848 vous avez opté pour la République, refusé le drapeau rouge, imposé le drapeau tricolore et traversé la foule houleuse des émeutiers sur votre cheval qui s'est montré d'un calme héroïque au milieu des baïonnettes, des épées, des sabres, des fusils, des gourdins, des gesticulations et des cris. Je vous ai touché en vous disant qu'à cheval on devient immortel.

– *C'est vrai,* m'avez-vous dit, *à ce moment-là, on m'incitait à descendre de cheval où je m'exposais trop aux coups de cette meute d'insurgés. Il m'est venu alors cette riposte immédiate : « Citoyens, la première tribune du monde, c'est la selle d'un cheval ! » Beaucoup de grands hommes et de grands capitaines ne sont-ils pas, en effet, momifiés dans le bronze d'une statue équestre ?*

Nous avons alors découvert que nous étions tous les deux des admirateurs de la majestueuse statue de Marc-Aurèle, de cet empereur philosophe qui, sur la place du Capitole à Rome, bien assis sur son solide destrier, la main droite tendue, se porte garant de la *pax romana.*

– *Mais j'y pense,* dis-je, *Mâcon vous élèvera certainement un jour, sur une de ses places, une statue où vous serez, je l'espère, à cheval !*

– *Vous vous trompez,* m'avez-vous répondu en riant, *j'aurai peut-être une statue, celle de l'écrivain avec une plume et non celle du cavalier. Le bronze coûte cher et un homme seul grèvera moins les finances de la ville qu'un centaure.*

Vous ne m'avez pas caché vos difficultés à vous maintenir dans la droite ligne de la religion catholique, à respecter les pratiques de la foi de votre enfance, celle que vous a transmise votre mère. Le doute s'est insinué en vous et vous ne pouvez plus l'extirper. Même vos plongées dans *l'Imitation de Jésus-*

Christ, ce saint livre qui ne vous quitte guère, ne vous redonne pas cette espérance sans laquelle on s'enfonce dans la perplexité. Votre œuvre, pour celui qui la lit avec attention et la médite avec le cœur, est toute bruissante de cette lutte avec l'ange. Sainte-Beuve l'a remarqué : il prétend qu'à vous lire il sentait le scepticisme dans le plus chrétien de nos poètes. Vous cherchez Dieu, et ne le trouvez pas. L'homme généreux que vous êtes, tout disposé à contribuer au bonheur des autres, vos amis, vos vignerons, vos collègues, vos compatriotes et l'humanité elle-même, s'est heurté à l'incompréhension, à la dérision, à l'hypocrisie, à la vénalité et, ce qui vous a été le plus dur, à la versatilité du peuple. Et puis, il y a eu ce drame, la mort de votre chère enfant, Julia...

Un poète de votre genre ne se repaît pas, comme beaucoup le pensent, d'idéalisme. Le réel vous touche et, surtout, le rationnel. Votre manque de foi n'est pas seulement superficiel ou sentimental, il repose sur des faits, des assertions, des dogmes dont on ne vous donne pas et dont vous ne trouvez pas les preuves. Vous êtes allé assez loin dans vos réflexions, jusqu'à céder aux attraits de la religion musulmane. Qu'ai-je fait, que vous ai-je dit pour vous redonner l'espérance ? Hélas, rien. Ou si peu. Je n'ai pu que souffrir en silence de vos angoisses. Comment vous aider aujourd'hui ? Je n'ai ni l'humble foi du charbonnier, ni la foi étincelante de certains hommes d'Église, ni la foi sereine, solide et charitable de tant de saints anonymes qui agissent, soignent et secourent sans se poser de questions. Il m'arrive souvent de relire, en pensant à vous, cet évangile de saint Matthieu (XIV, 22-31) où Jésus marche sur les eaux. On y voit mon saint patron, Pierre, en difficulté. Pierre est un impulsif et, quand il réfléchit, c'est trop tard. Dès qu'il reconnaît Jésus, il saute de la barque pour marcher sur l'eau à sa rencontre. Soudain il doute, s'enfonce et crie : *« Sauve-moi ! »*

Jésus lui tend la main que Pierre saisit : « *Homme de peu de foi,* dit Jésus, *pourquoi as-tu douté ?* » Qu'est-ce que la foi ? Un bien petit mot, un grain de sénevé. La foi, c'est de marcher sur les flots en tenant la main de Jésus.

Nous avons passé le col des Enceints, arrêté nos chevaux, leur allongeant les rênes pour qu'ils mâchouillent quelques herbes. Devant nous s'étendait le paysage de ce Mâconnais que vous aimez tant et qui rassemble tous les traits et tous les attraits de la *ruralité* française. Nous avons parcouru le village de Milly dans tous les sens après avoir longé le mur du jardin et regardé la cour, la façade de cette demeure dont votre mère était la vraie propriétaire. Nous ne nous sommes pas attardés, car j'ai deviné combien vous souffriez de revoir ces lieux chers. « *J'ai l'impression,* disiez-vous, *d'avoir abandonné Milly, je me torture à l'idée qu'un jour je le trahirai, comme Judas, pour quelques piécettes.* » Nous avons vu, à l'ombre de l'église de Bussières, l'humble presbytère où votre maître et ami, l'abbé Dumont, se penchait sur la rampe de la galerie haute pour vous accueillir, se réjouissant de bavarder longuement avec vous. Nous avons contourné, par plaisir, le château de Pierreclos si fièrement dressé sur sa butte tapissée de vignes. Sa vaste cour d'entrée, ses grands toits encornés d'échauguettes, sa massive tour carrée, son sobre clocher roman et sa terrasse arrondie face à la vallée vous séduisaient. Votre mère, disiez-vous, aimait beaucoup venir chez son amie, Mme de Pierreclau, dans ces lieux dont elle appréciait les êtres, la lumière et les vergers suspendus. Mais lorsque vous étiez adolescent, elle craignait de vous y emmener. Elle redoutait pour vous la beauté aguichante de Nina, celle qui devint la femme d'Adolphe, le fils de son amie. Elle avait du flair, n'est-ce pas ? J'ai eu la chance, beaucoup plus tard, de fréquenter familialement Pierreclos, de mêler mes pas aux vôtres sur sa terrasse et d'y passer quelques-unes de ces *heures de miel* et de lune dont vous vous régaliez.

Au retour, les yeux gavés de vos paysages, je vous ai questionné sur votre œuvre, vos méthodes de travail et la littérature en général. Vous ne sembliez pas accorder grand intérêt à ces sujets. Vous m'avez laissé parler. Vous écoutiez en retenant *Saphir* qui, sentant l'écurie et connaissant bien le chemin, tirait sur les rênes, pressait l'allure. Je vous disais qu'en dehors de vos poèmes éternels, les *Méditations,* les *Harmonies* et les autres, j'avais une préférence pour *Jocelyn*. Ce poème constitue un phénomène unique dans notre littérature par son ampleur, son sujet audacieux, ses rebondissements, la pureté de ses sentiments et la beauté de ses descriptions de la nature.

– *Je le pense aussi,* m'avez-vous dit. *Cette épopée d'un style nouveau montre le drame intérieur d'un homme, de l'homme, avec ses faiblesses et ses vertus. Je ne renie pas son lyrisme.* Vous avez paru étonné lorsque je vous ai fait ensuite l'éloge de votre prose, de certaines de vos proses. Je ne songe pas seulement à *Graziella,* ce roman plein de charme, de soleil, de jeunesse et d'amour dans un cadre idyllique. Mais à tous vos textes en prose, même à vos discours politiques, dans lesquels on découvre des passages merveilleux, des envolées inspirées, qui vous placent à la hauteur des grands prosateurs français. Certaines pages des *Confidences,* de votre *Voyage en Orient,* de l'*Histoire des Girondins,* de vos lettres-préfaces, de votre *Cours de littérature*... Là, vous m'avez interrompu :

– *N'allez pas plus avant, cher ami, je devine ce que vous me dissimulez. Vous regrettez que toute ma prose n'atteigne pas la valeur des passages que vous louez. J'ai trop écrit. C'est ainsi. Je n'ai guère changé depuis mes premiers essais, mes premiers vers. Je les soumettais tous au jugement sûr, ferme, impartial de mon ami Virieu qui m'écrivait : « Tu as un talent de premier ordre mais tu n'as pas encore assez relu, tu vas corriger et tes élégies deviendront inégalables.* » *Et je lui répondais :* « *Créer est beau, mais corriger, changer, gâter, c'est pauvre, c'est plat, c'est ennuyeux, c'est l'œuvre des maçons...* »

Pour ne pas trop appuyer sur ce sujet, je vous ai parlé de cet ouvrage original, ignoré de beaucoup, *Lectures pour tous*. Vous vous rappelez dans quel esprit vous avez choisi et préparé ces extraits de vos propres œuvres : vous les destiniez *à l'usage de toutes les familles et de tous les âges*. Il y a dans ces cinq cents pages, où la prose se mêle aux poèmes, des trésors. Ce volume ne quitte pas ma table de chevet, malgré les mauvaises langues qui vous accusent d'avoir édulcoré certains de vos textes. « *Est-ce que ça vous a choqué, vous*? » m'avez-vous demandé. Non, car dans votre *explication* préliminaire, vous avez joué la franchise en annonçant que vous aviez volontairement épuré ces pages *de toute pensée et de toute image, de tout mot qui pourrait ternir la limpidité de ce cristal de l'âme qu'on appelle l'innocence avant qu'on ne l'appelle vertu*. Je me fais donc, pour les lire, innocent et vertueux. Cependant, il y a une strophe du *Lac* qu'on peut vous reprocher d'avoir inutilement saccagée. Vous avez ri de bon cœur, et *Saphir* aussi qui s'ébroua longuement. « *Oui, vous n'avez pas tort. C'est la dernière strophe à laquelle vous pensez, celle où j'ai substitué quelques mots un peu vagues à d'autres trop suggestifs. En vieillissant, voyez-vous, je ressemble à ma mère, je crains qu'une funeste passion ne s'empare de lecteurs adolescents. Mais qui, à part vous et un ou deux autres, s'en apercevra ?* »

Notre chevauchée se terminait, l'après-midi s'achevait. Nous avions le soleil dans les yeux et l'ombre de nos juments s'allongeait derrière elles. Nous sommes restés silencieux. La fatigue, sans doute, et plus encore cette tristesse qui nous prend lorsque se terminent d'irremplaçables moments d'intimité. Nous descendions la colline qui domine Saint-Point à l'est. Nous avions raccourci nos rênes et retenions nos chevaux. Nous regardions, avec un même bonheur, au-dessus des frondaisons illuminées, le toit de votre chère maison. Nous étions Ulysse et Télémaque rejoignant Ithaque, deux croisés revenant de Jérusalem, deux amis qui avaient rêvé ensemble. *Saphir* et *Thérèse* gravirent allègrement le chemin qui monte du ruisseau vers le tertre du château. Des graviers roulèrent sous leurs sabots, les chiens jappèrent. Votre jardinier nous attendait à la porte de vos écuries pour panser nos chevaux et leur donner la botte. En descendant de cheval, et tout en flattant l'encolure de *Saphir*, vous m'avez dit à mi-voix : *« Oui, je le reconnais, j'ai bénéficié d'une belle vie. Mais je crains de la payer au prix fort lorsque la chance ne me sourira plus ! »*

Voilà, cher Alphonse, ce que je conserve en mon cœur et que je voulais vous faire partager. Malgré vos occupations, vos soucis, les visites de vos célèbres collègues et votre besoin de solitude, je vous dois ces heures de grâce si généreusement accordées. Au moment où la lassitude, la tristesse vous envahissent, relisez ma lettre et n'oubliez pas cette réflexion : *« Rien n'est désespéré, tant qu'il reste un Dieu dans le ciel, des amis sur la terre, un cheval à l'écurie, un chien au foyer et une page blanche »* à remplir d'encre. Non, cette réflexion n'est pas de moi. Je l'ai recopiée d'une lettre que vous aviez écrite à votre ami Dargaud.

Que ce cri d'espoir vous serve de cordial, cher Alphonse, et que ces pages de mon écriture vous soient un talisman. Les souvenirs vieillissent comme les bons vins : chaque année leur ajoute un arôme nouveau.

Je vous embrasse fraternellement.

POSTFACE

Une vie de dégustation

J'achève ma vie. Et, grâce à Dieu, je l'achève comme les dernières gouttes de vin du dernier verre de la dernière bouteille d'un grand millésime. Je déguste cette ultime gorgée de vie, lentement, consciemment, avec l'aide de tous mes sens, avec l'appoint de mon corps, de mon esprit, de mon intelligence, avec les données de ma mémoire, de mon cœur et de mon âme. J'ai bien besoin de tous ces organes, de tous ces outils, de tous ces mécanismes si subtils et si compliqués, si précieux et si fragiles qu'on les utilise maladroitement dans sa jeunesse et péniblement dans sa vieillesse car ils se sont usés ou sclérosés.

Et, grâce à Dieu, j'ai la chance de pouvoir contempler ma vie, non avec le même plaisir, mais avec la même sérénité que j'éprouve à regarder, en cette fin d'après-midi d'octobre 1995, cette tapisserie étalée sous mes fenêtres, tapisserie d'un vignoble aux mille feuillages rougissants et jaunissants à laquelle le soleil donne un lustre royal. Pour jouir de cet envoûtement, j'ai laissé le soleil disparaître, j'ai laissé les lumières s'allumer dans la baie de la Plaine, j'ai laissé le ciel rosir derrière la colline à l'ouest, j'ai laissé la vigne flamboyer dans l'ombre naissante jusqu'à ce que l'obscurité me bande les yeux. Je ne pensais plus à rien devant ce spectacle coloré qui vaut tous ceux que nous offrent les plus beaux musées. Et j'eus soudain une illumination intérieure, une révélation inattendue qui me cloua sur place dans le noir et le silence : *toute ma vie n'a été que dégustation*.

En cette fin de vie, où mes loisirs de retraité constituent le plus réel et le plus précieux de ma fortune, cette révélation m'invitait à reconsidérer tout mon passé. Elle m'offrait une clef d'or pour pénétrer dans ce mystère qu'est l'existence. J'approche sans fierté, mais non sans étonnement, de l'*octogénariat*. Ce n'est ni une récompense, ni un titre honorifique, ni même une prime d'ancienneté, c'est plus simplement un repère d'âge marquant la huitième décennie. Si, à ce moment-là, on désire se pencher sur son passé, il faut le faire sans attendre. Sinon, on risque de se pencher sur le vide.

Qu'est-ce donc que cette *dégustation* qui semble avoir guidé toute ma vie ? Allons au dictionnaire qui cerne les mots au plus juste et en détaille toutes les facettes. Ce n'est pas le sens propre et professionnel qui m'intéresse ici, mais le sens figuré qui dépasse de beaucoup les limites d'un jugement sur les vins. Dans ce sens-là, la *dégustation* désigne l'action de *se délecter,* de *se régaler* de certaines choses, de les *savourer*. La *dégustation* devient donc une façon, une faculté, une aptitude et parfois un art de ressentir les divers plaisirs qui s'offrent à nous, de les analyser, de les prolonger afin de les éprouver dans toutes leurs qualités. Il s'agit de préférence, et notamment dans mon cas, de plaisirs affectifs, intellectuels ou spirituels, plutôt que de plaisirs physiques qui, cependant, n'ont rien de négligeables.

D'où me vient cette aptitude à *savourer* la nature et la vie ? Je l'ignore. Peut-être l'ai-je héritée de mon plus profond passé. Combien de temps ai-je mis pour en prendre conscience ?

Installé à jamais, me semblait-il, dans une jeunesse, non pas dorée mais comme enchantée, je n'en suis sorti que très tard. Un beau jour de septembre de mes dix-neuf ans, j'étais penché sur une *Histoire de la littérature française contemporaine* où je découvrais mille merveilles qui formaient mon esprit et orientaient ma sensibilité. Je fantasmais sur une strophe minuscule de trois petits vers qui, par le biais de leur image suggestive, m'ouvrait le domaine réservé de la féminité :

Ni vu ni connu
Le temps d'un sein nu
Entre deux chemises !

Je baignais dans cette magie des poèmes de Paul Valéry, à la fois si simples et si complexes, lorsque mon père est entré dans ma chambre :

« Pourrions-nous parler ensemble un moment ? » m'a-t-il demandé.

Ce devait être grave car nos parents ne nous avaient pas habitués à ce genre de tête-à-tête.

« Tu n'as pas réussi à ton bachot, m'a dit mon père, et on n'en parle plus. Il faut donc maintenant envisager un emploi. Tu dois gagner ta vie et nous sommes là, ta mère et moi, pour t'aider. »

J'ai alors senti le cristal de mon enfance se briser dans mon cœur. La saison des jeux, des courses folles, des cris et des rires, des libertés dans un cadre familial respecté, s'achevait. Mais j'approuvais la sage proposition de mon père. Savais-je qu'il y aurait d'autres jeux dans ma vie, d'autres choix personnels dans une liberté à laquelle je ne donnais alors qu'une importance instinctive ? Dans la fable du *loup* et du *chien* je ne serai pas le loup qui risque sa peau pour conserver sa liberté, je serai le chien, mais un chien dont jamais aucune laisse n'attachera le collier.

Mes douloureuses années de pensionnaire m'avaient fait connaître ce qu'étaient l'exil et la détention. Le froid au dortoir et l'exécrable nourriture dans un réfectoire puant m'aidaient à mieux apprécier le chaud et le bon, le chaleureux et le savoureux du foyer familial. Mais je devais aussi connaître et le régiment et la mobilisation et la guerre et la défaite et l'occupation pour mieux apprécier ce dont le destin parvenait à me priver. La promiscuité, la vulgarité, la peur, le manque de sommeil, la pleine fatigue, l'humiliation, la faim sournoise, chacune de mes rencontres avec les bas morceaux d'une vie, me servirent de contrepoison. Au fur et à mesure de ces épreuves, je devenais plus réservé, plus délicat, plus exigeant, plus raffiné. Ah, certes, j'apprenais à *déguster !* À déguster dans le sens populaire et figuré de ce terme : d'une part à supporter, à subir ; d'autre part à me délecter, à me régaler. Selon le cas, soit je rentrais dans ma coquille, soit j'en sortais toutes antennes déployées. Mais je ne restais jamais indifférent à ce qui se passait. Dans les contrariétés comme dans les réjouissances, j'engrangeais une quantité d'observations qui m'ont bien aidé à me diriger dans le futur. Peu à peu, je me connaissais mieux et j'arrivais à m'orienter vers les meilleures sources, les plus susceptibles de satisfaire mes soifs.

Le terme *déguster* ne se cantonne pas à la seule analyse organoleptique des vins, science que j'ai pratiquée de longues années et dont j'ai parlé dans plusieurs de mes ouvrages. Ce verbe s'étend pour moi sur bien d'autres registres : il englobe tout ce qui peut me procurer une certaine joie de vivre et tout ce qui relève d'un jugement intellectuel ou esthétique. Il s'applique ainsi aux choses les plus simples de la vie comme aux plus sophistiquées : un repas, un paysage, une promenade, une fleur, un match de tennis, un roman, un poème, un film... et, bien sûr, toutes les œuvres d'art. Dans son cahier d'un voyage en Egypte, Barrès, flânant dans un jardin de l'île Eléphantine, évoque d'autres jardins en France, en Italie, en Espagne et il écrit : *C'est dans les jardins que mon esprit s'est formé à cette paix, à cette dégustation que veut la beauté.* Oui, savoir *déguster* la beauté là où elle se trouve, dans un parc, un verger, une vigne, une prairie...

J'ai donc adopté instinctivement une manière de vivre qui m'a doté d'une philosophie naturelle, pratique, à la portée de tous. Cette philosophie, cette quête de la sagesse, s'est concrétisée vers la trentaine lors d'une lecture minutieuse des *Essais* et la découverte d'un homme, Montaigne, qui, au-delà des siècles, me ressemblait par beaucoup de traits comme un frère. Si cette philosophie prône le *retrait,* le recul pour mieux juger des choses, des événements et des hommes, elle conseille d'avoir les yeux ouverts, les narines frémissantes, les oreilles attentives et, surtout, de garder les pieds sur terre, de ne jamais perdre le sens des réalités. Elle conseille aussi de savoir s'enthousiasmer, de se créer des pôles d'attraction, de mobiliser nos facultés sur telle idée, telle tâche, telle action et de traverser ainsi, muni d'un talisman ou d'un sésame, la grisaille ou les misères de l'existence. La lecture et l'écriture ont été pour moi ces pôles d'attraction. Depuis leur adoption, elles n'ont plus cessé de raviver mes curiosités, de susciter mes intérêts, d'enflammer mes enthousiasmes et d'entretenir, contre vents et marées, cette alacrité qui me maintient au-dessus des vagues.

Réfléchissant, au cours de ces lignes, à cette prédisposition qui me pousse à *déguster* tout ce qui se trouve dans la Nature et dans ma nature, j'ai fouillé les souvenirs de ma plus tendre enfance, souvenirs lointains que je tiens de mes parents, et j'ai eu soudain cette autre révélation : *Au commencement était le dégoût.* Oui, j'ai été cet enfant que beaucoup de choses dégoûtaient. Je grimaçais devant le mauvais, l'imbuvable, le puant, le sale, le visqueux. Je ne suis jamais parvenu à me discipliner pour vaincre ces répugnances. Une anecdote suffira pour fonder l'ancienneté de ces répulsions innées. Elle me vient du folklore familial et se passe lorsque j'étais un très petit garçon. Ma mère, occupée à je ne sais quelle tâche, demande à notre fidèle servante, Maria, de bien vouloir me mettre sur le pot. Lorsque Maria commence à me déculotter, je lui dis tout à trac : *Est-ce que vous avez les mains propres ?* Oui, c'est certain, malgré la malignité ou l'arrogance du gamin, tout part de là, de ce *dégoût* dont je me détourne pour adopter son contraire, le *goût.*

Ce matin clair et rose d'une journée d'automne, je le *déguste ;* ce café au lait bien chaud et cette toute fraîche confiture de tomates vertes étalée sur le pain grillé, je les *déguste ;* ce soleil qui éclaire les derniers feuillages polychromes, je le *déguste ;* ces heures de paix matinale où mon stylo transcrit ce que mon cerveau reposé lui dicte, je les *déguste...* Certains de ces bonheurs sont impondérables : ils tiennent dans le creux de la main ; un geste, un souffle et ils s'envolent, légers et silencieux comme une plume d'oiselet. Et cependant le grand âge est là avec ses fatigues et ses soucis ; et cependant, il y a les misères du monde, la folle frénésie du progrès, l'odeur pestilentielle de l'argent, la haine, la violence, les assassinats ; et cependant, voici que s'amplifient, odieuses et scandaleuses, les nouvelles guerres de religions[1] ; et cependant, le *dégoût* me vient parfois aux lèvres, tantôt comme l'écœurement d'une vomissure, tantôt comme une amertume métaphysique.

---

(1) J'écrivais ces lignes au moment de l'assassinat, par un intégriste israélien, du premier ministre israélien, Yitzhak Rabin.

Parmi toutes ces religions qui, depuis la nuit des temps, se partagent l'espérance que chaque homme porte au fond de lui-même comme un gage de bonheur, il n'y en a qu'une qui mérite d'être suivie, celle qui prône l'amour, celle qui nous invite à *déguster,* avec nos sens physiques et spirituels, la Création et son Créateur. *Déguster* la succession des jours avec nos yeux, notre nez, nos oreilles, notre peau et notre sensibilité affective, n'est-ce pas une preuve d'amour ? Une vie de *dégustation* n'est rien d'autre qu'une vie de contemplation active, rien d'autre qu'un remerciement de chaque instant pour les humbles bonheurs que nous offre le Créateur. Savoir *déguster* sa vie, voilà l'un des secrets d'une existence à hauteur d'homme. Mais si l'on veut vivre à hauteur de Dieu, il faut alors se hisser jusqu'à la sainteté afin d'accéder à coup sûr au royaume de tous les parfums.

A la fin de sa vie (Charles Nodier) atteint de la cataracte, complètement sourd de l'oreille droite, l'autre fort entreprise, souffrant *la mort en détail* comme il dit, demande à son ami Weiss de venir le voir : « C'est-à-dire pendant que je pourrai te voir encore d'un œil et t'entendre d'une oreille. Nous essayerons au moins d'un tronçon de bonne chère et d'un verre de vin vieux, et puis nous causerons jeunesse. Mon Dieu ! Que nous en sommes loin ».

Cité par Maurice Rheims
dans *L'Enfer de la curiosité*.

TABLE DES CHAPITRES

De cette première édition du livre de

Pierre POUPON

LE VIN DES SOUVENIRS,

il a été tiré 1 150 exemplaires sur bouffant édition 90 g
dont 100 exemplaires marqués S.P. ;
50 exemplaires réservés hors commerce.

200 exemplaires sur vergé édition ivoire ainsi répartis :

cent cinquante exemplaires numérotés de I à CL
réservés à la Confrérie des Chevaliers du Tastevin ;

trente exemplaires numérotés H.C. I à H.C. XXX
réservés à l'auteur ;

vingt exemplaires numérotés H.C. XXXI à H.C. L
réservés à l'éditeur et à ses collaborateurs ;

quelques exemplaires sur vergé édition ivoire
marqués hommage de l'éditeur,

le tout constituant l'édition originale.

Achevé d'imprimer sur les presses
de l'imprimerie Darantiere à Quetigny
en novembre 1996.

Photocomposition Sivry - 21210 Saulieu.

Dépôt légal : 4e trimestre 1996
N° d'impression : 96-1095